KB004444

여기는 커스터드,
특별한 도시락을 팝니다

우린 모두 '각자 다른 걸 되돌리고 싶어' 한다. 10대에도, 20대에도, 30대에도 그리고 40대가 지나도. 그리고 놀라운 건 많은 이가 친구와 연인과 가족과 소중한 이와의 어떤 걸 되돌리고 싶어 한다는 일이다. 이 책이 무언가를 되돌리고 싶은 누군가에게 작은 용기가 되기를 바란다. 그러나 혹여 용기를 갖지 못해도 괜찮다. 나도 역시 용기를 갖지 못했으니까. 그래도 우린 괜찮다. 아직 우리만의 커스터드 도시락집을 만나지 못한 것이기에.

— **구선아** 책방 연희 대표, 《퇴근 후, 동네 책방》 저자

이 소설은, 소설이라고 말하고 싶지 않을 정도로 생생한 이야기를 담고 있다. 책을 펼치고 가만히 앉아 사람들이 풀어놓는 이야기를 듣다 보면 저절로 입가에 미소가 생긴다. '커스터드'는 도시락 가게지만, 어쩐지 내가 일하는 헌책방

하고도 닮은 것 같다. 나는 손님이 책을 사지 않더라도 웃으면서 문을 나서면 그것만으로도 좋다고 생각한다. 책은 언제라도 돈을 내면 살 수 있지만 좋은 기분은 사거나 팔 수 없기 때문이다. 커스터드 가게 문을 열고 들어가면 마음이 따뜻해진다. 이 책을 통해 여러분도 나와 같은 아름다운 감정을 느낄 수 있으리라 믿는다.

_윤성근 이상한 나라의 헌책방 대표, 《헌책방 기담 수집가》 저자

어쩌면 '커스터드'에서 판매하는 도시락은 특별한 능력을 지녔는지 모른다. 별다른 것 없는 일상, 매일같이 먹던 도시락이 마법처럼 나를 용기 내지 못했던 순간으로 데려가 과거의 나와 마주하게 해준다. 지금의 내가 건네준 위로의 말이 오늘을 살아갈 수 있게, 특별한 내일을 꿈꿀 수 있게 해준다. 이 책을 읽고 용기 내지 못하고 도망치려 했던 순간과 멈춰 서서 마주하길 기대해 본다. 특별한 오늘, 특별한 내일이 되기를.

_고영환 책방 서로 대표

차례

일러두기

— 본문의 각주는 모두 옮긴이의 것입니다.

— 문자 메시지로 주고받는 대화는 〔 〕로 표기했습니다.

— 인명과 지명을 비롯한 고유명사와 외래어 표기는 국립국어원 외래어 표기법에
   따랐으나, 관례로 굳어진 것은 예외로 두었습니다.

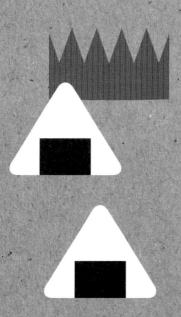

제1장

주먹밥 두 덩이 손님

생각해 봐야 부질없는 짓이다.

그래서 생각하지 않기로 했다.

내가 잃어버린 소중한 존재를.

따분하고 보잘것없고 아무 일도 일어나지 않는 하루는 오늘까지.

내일은 분명 특별한 일이 생길 거야. 그동안의 우중충한 잿빛 나날을 뒤바꿀 멋진 사건이 기다리고 있을 거야.

앞으로 다채로운 나날이 펼쳐질 거야.

틀림없어.

그런 상상을 하며 잠자리에 든다.

하루도 빠짐없이.

1

"다 모으셨네요."

그 말에 나는 어리둥절했다.

"네?"

"포인트요."

도시락 가게의 여자는 무표정으로 말했다.

도대체가 이 여자는 노상 쌀쌀맞다. 오늘, 정확히는 지금 처음으로 그 얼굴을 물끄러미 바라봤다. 아침마다 이곳에 들러 점심을 사는데도 여자의 모습을 제대로 살펴본 적이 없었다.

머리에 하얀 삼각 두건을 두르고 머리칼은 뒤에서 하나로 묶었다. 앞치마도 하얀색이다. 화장은 하지 않았다. 그다지 매력적인 외모는 아니다. 꼭 초등학교 급식 당번 같다.

"포인트 말이에요. 가득 찼어요."

여자는 무뚝뚝한 투로 되풀이했다.

몇 살쯤 됐을까. 나보다는 한참 위로 보인다. 서른 정도?

얼마 전까지만 해도 늘 할아버지가 가게를 지키고 있었다. 그러다 올 초봄 무렵부터 할아버지 대신 이 여자가 가게에 나와 있다. 이유는 모른다. 병이라도 났나. 맛은 그대로여서 딱히 신경 쓰지는 않았다.

그런데 할아버지 쪽이 나았달까. 그 할아버지도 묘하게 눈매가 사납고 표정이 우악스러워서 그리 살가운 느낌은 아니었지만 이 여자보다는 양호했다.

"여깄수다. 거스름돈 삼십만 엔."

"얼마라고요?"

"삼십 엔."

웃음기 하나 없이 썰렁한 구닥다리 농담을 건네곤 했다. 그럴 때면 눈 깊숙한 곳이 미세하게 웃고 있었다.

별난 할아버지였다.

역시 병에 걸렸나. 설마 죽어버린 건가, 그 할아버지.

"포인트요?"

그러고 보니 이 도시락 가게, 포인트 카드인지 뭔지가

있었지. 돈을 낼 때 무의식적으로 카드도 함께 건네줬던 모양이다.

"포인트가 쌓이면 뭔가 혜택이 있나요?"

보다시피 이런 것조차 모른다.

"원하는 음료로 하나 고르세요."

여자는 미동 하나 없는 얼굴로 대답했다.

음료 하나란 말이지. 살짝 실망한다. 하긴, 이런 거리 한구석에서 혼자 운영하는 작은 도시락 가게의 포인트 카드 아닌가. 대단한 경품 따위를 걸었을 리 없다.

짐작은 했네요.

아무리 그래도 그렇지.

나오려는 한숨을 간신히 참았다. 도시락이 진열된 유리 쇼케이스 위에 음료 전용의 소형 냉장고가 놓여 있다. 녹차와 우롱차 외엔 페트병에 담긴 어쩌고저쩌고하는 천연수 정도뿐이잖아. 심지어 죄다 난생처음 들어보는 브랜드. 저렴한 가격에 들여놨겠지. 맛없어 보인다.

그걸 잘 알기에 음료는 무조건 편의점에서 산다.

"원하는 음료라, 글쎄요."

꽤 난감한 티를 냈나 보다.

"없으세요?"

여자가 물었다. 눈치챈 건가.

"그러네요."

"그럼 이걸 가져가세요."

여자가 손바닥 안에 쏙 들어올 만한 크기의 종이봉투를 내밀었다.

"포인트 금액만큼의 경품이에요."

"뭔데요?"

"열어보는 재미가 있죠."

여자가 천연스레 말한다.

"안녕히 가세요."

짐짓 진지한 체하는 얼굴 아래로 언뜻 여자가 웃고 있는 것 같기도 했다.

할아버지가 고릿적 개그를 던질 때 짓던 표정과 조금 닮았다.

할아버지만큼 우악스러워 보이진 않아도 왠지 둘의 생김새에는 어딘가 닮은 구석이 있었다.

딸인가. 손녀일지도 모른다.

뭐, 어느 쪽이든 상관없지만.

도시락 가게에서 산 주먹밥 두 덩이와 경품 봉투를 캔

버스 천의 토트백에 아무렇게나 쑤셔 넣고 밖으로 나와 걸음을 옮겼다.

5월의 아침 8시 50분, 약간 흐리다. 바람이 조금 쌀쌀하다.

오늘도 변함없이 판에 박은 듯한 하루가 시작된다.

*

내 이름은 마에지마 아카리, 스물두 살.

전문대를 졸업한 뒤 가구 판매 회사에 취직했다가 8개월 만에 그만뒀다. 고객을 상대하는 일이 적성에 맞지 않아서랄까.

회사의 전시장과 매장에 파견되어 판매원으로 일했었다. 하지만 내겐 고객 응대가 고역이었다.

"어서 오세요."

인사말을 내뱉는 순간 속으로 이런 생각을 하고 만다.

잘도 왔네. 지긋지긋해. 어서 오시긴. 제발 오지 말라고.

그런 생각을 하면서 일하고 있으니 상품은 팔리지 않을뿐더러 손님에게서는 "저 직원 기분 나빠요."라는 클레임을 받기 일쑤였다. 상사가 주의 주는 일은 별로 없었다. 아마도 신입사원이 그만둔다고 할까 봐 두려웠던 거겠지. 급기야 내가 말해버린 셈이다.

"그만둘게요."

결국에는 역시나 한 소리 들었다.

"이봐, 도대체 왜 판매직에서 일하려 한 거야?"

딱히 이유는 없다. 학교를 졸업했으니 부모님에게 취직한 모습을 보여줘야 했다. 몇 군데 지원한 회사 중 이곳에서 가장 먼저 연락이 왔고 환승 없이 전철 한 번으로 집에서 다닐 수 있는 위치에 본사가 있었다.

그뿐이다.

아무려면 설마, 사실대로 털어놓을 수는 없었다.

조용히 가구 판매 회사를 그만뒀다. 1년쯤 전부터는 경리회사에서 아르바이트를 시작했다. 계약고객의 월간 장부를 만드는 일이다. 어음이나 영수증을 정리하고 입출금 내역을 컴퓨터에 입력한다. 고객을 상대할 일은 없다. 게다가 환승 없이 집에서 전철 한 번으로 다닐 수 있는 곳에 있다.

아침 9시에 출근해서 5시면 퇴근이다. 월요일부터 금

요일까지 일한다. 주말과 공휴일, 오봉[•]과 설날은 쉰다. 세금 신고 기간인 2월과 3월 이외에는 야근도 없다. 입력 업무가 없어 한가할 때는 인터넷쇼핑을 하며 빈둥거린다.

영업직의 정사원은 아버지뻘 되는 아저씨들뿐이고 아르바이트 동료도 서른다섯 살 기혼에 애가 둘 딸린 다나카 씨와 마흔셋의 독신 이토 씨. 둘 다 나쁜 사람은 아닌데 나이 차가 너무 나다 보니 대화가 통할 리 없다.

"오늘도 언덕 아래에 있는 도시락 가게에서 주먹밥 산 거야?"

다나카 씨가 묻는다.

"네."

"그 가게, 옛날엔 전통 과자를 팔던 곳이었는데."

이토 씨가 고개를 갸웃거린다.

"케이크 가게처럼 보이던데요."

"그 전에 말이야. 전통 과자점이었어. 뭔가 사건이 터져서 망했지."

"어떤 사건?"

"자세한 건 잊어버렸어. 근데 텔레비전 뉴스에도 나왔

• 음력 7월 15일을 중심으로 행해지는 일본의 명절.

다니까. 꽤 엽기적인 사건이었지."

다나카 씨가 몸을 앞으로 쑥 내밀었다.

"그 말인즉슨, 살인사건?"

"그랬을걸. 어쨌든 사람이 죽었으니까."

사람이 죽은 엽기적인 사건이라. 설마 그 무서운 얼굴의 할아버지가 범인은 아니겠지.

"인터넷에서 검색하면 나오려나. 찾아봐야지."

대화라고 해봐야 세상 돌아가는 이야기를 나누는 정도. 이토 씨와 다나카 씨는 즐거워하는 눈치지만 나로서는 딱히 흥미롭지 않다. 도시락 가게가 생기기 전에 일어난 엽기적인 사건인지 뭔지도 여전히 모른다.

찾아볼 만도 한데 그렇게까지 궁금하지도 않다. 알든 모르든 나는 그 가게에서 계속 주먹밥을 살 테니까.

"마에지마 씨는 뭐든 시큰둥하네."

다나카 씨에게 그런 말을 들었다.

"요즘 젊은 애들은 다들 그런가 봐."

그래서 점심시간은 회사 내에 있는 휴게실보다 공원에서 보내는 경우가 많다. 어차피 휴게실에서도 스마트폰 게임을 하고 있으면 다나카 씨든 이토 씨든 말을 걸어오는 일은 없지만.

주말에는 집에서 편둥편둥 보내기 일쑤다. 고등학교 시절의 친구들이나 대학 동기와 만나서 놀기는 해도 주말마다는 아니다. 다들 각자 나름대로 바빠 보이기도 하고 나역시 딱히 친구들과 자주 만나고 싶지도 않다.

매일 그럭저럭 시간이 흘러간다.

시큰둥하다고?

천만에. 그저 지루할 뿐이야.

지긋지긋하다.

일도, 하루하루도.

하긴. 이런 일, 평생 할 것도 아니잖아. 언제든 그만둬도 상관없다.

지금이야 달리 할 일이 없어서 다니는 것뿐이다. 굳이 이 회사가 아니더라도 돈은 벌 수 있다.

분명 어디서든 일할 수 있다. 고객 응대는 싫으니 그것만 아니라면.

그런 식으로 고민만 하다가 이대로 나이를 먹어가는 걸까.

그건 싫은데.

언제부턴가 그 도시락 가게에서 점심을 사는 게 일상이 되었다.

도시락 가게를 발견한 건 아르바이트 면접을 보러 온 날이었다.

지하철 출구를 나와서 첫 번째 모퉁이를 오른쪽으로 돌면 언덕 초입이 나온다. 회사는 언덕배기에 있고 도시락 가게는 길모퉁이에서 세 번째 집으로, 언덕을 오르기 직전에 있다. 콘크리트로 지어진 빌딩과 빌딩 사이에 자리한 낡은 목조 주택. 입구 위에 연노란색의 차양이 드리워져 있고 유리문은 늘 활짝 열려 있다. 음료 전용의 소형 냉장고와 도시락과 주먹밥이 진열된 쇼케이스가 길거리에서도 보인다.

케이크 가게 같네.

그것도 유행이 지난 케이크 가게. 저 쇼케이스는 케이크 가게에서 사용하는 집기 같은데. 예전에 케이크 가게였던 공간을 막무가내로 도시락 가게로 바꿔버린 느낌. 아마 내 짐작이 맞을 것이다.

처음 본 순간부터 마음에 들었다. 그래서 아르바이트에 채용되어 출근하는 첫날부터 나는 망설임 없이 이 가게에 들어갔다.

늘 사는 건 똑같다. 연어 주먹밥과 가다랑어포 주먹밥. 연어는 충분히 구워서 으깬 속이 알차게 들어가 있고 가다랑어포는 밥에 골고루 뿌려져 있다. 편의점에서 파는 주먹밥보다 더 큼직한 편이다. 밥의 간도 진하다. 칼로리나 염분 함유량을 따진다면 그리 몸에 좋을 건 없겠지만 마음에 쏙 들고 말았다. 할아버지는 내 취향을 제대로 간파하고 있었다.

그러고 보니 그 도시락 가게, 이름이 뭐였더라.

신경 쓴 적도 없었다.

난 뭘 하고 싶은 걸까.

뭘 하고 싶었던 걸까.

2

12시 반부터 점심시간이다.

나는 오늘도 회사 휴게실이 아니라 밖에 나가서 밥을 먹기로 했다.

회사가 입점해 있는 복합빌딩 뒤편에 그리 크지 않은 공원이 있다. 아이들을 위한 놀이기구는 없고 가늘게 뻗은 하얀 목련 나무와 천리향 덤불, 등받이 없는 벤치가 하나 있을 뿐이다. 이따금 먼저 온 사람이 있을 때도 있지만(그럴 때는 포기하고 회사로 되돌아간다) 보통은 아무도 없다. 대체 누구를 위해 만들어놓은 건지 알 수 없는 공원.

설마하니 나의 휴식 시간을 위해 존재할 리는 없겠지만 마음속에서는 이미 아지트로 삼았다. 그러다 보니 어쩌다 먼저 온 사람이 있으면 상당히 약이 오른다. 다행히 오늘은 아무도 없었다. 5월치고는 바람이 살짝 쌀쌀한 탓일지도 모른다. 하늘도 잔뜩 찌푸린 상태. 아침보다 구름이 점점 많아지는 느낌이다.

나는 벤치에 앉아 가방에서 주먹밥을 꺼냈다. 가다랑어포 주먹밥부터 먹는다. 랩을 벗기고 덥석 베어 문다.

맛있다.

간장과 가다랑어포의 조합만으로 천상의 맛이다.

페트병에 담긴 녹차를 마신 뒤 두 덩이째 연어 주먹밥을 먹으려는데 문득 뭔가 눈에 띄었다. 가방 밑바닥에 있는 손바닥 정도의 자그마한 종이봉투.

이게 뭐지.

맞다, 도시락 가게에서 포인트로 받은 경품이었지.

손가락 끝으로 더듬어 본다. 약간 탄력이 있고 차가운 촉감. 안에 뭐가 든 걸까. 개별로 포장한 잼 같은 느낌이다.

과자인가. 그랬으면 좋겠는데.

종이봉투를 꺼내 열어보았다.

"엇?"

이상한 목소리가 툭 튀어나왔다.

짐작대로 과자는 맞았다.

다만 내가 기대한 종류는 아니었다. 보통 경품으로 주

는 과자는 쿠키나 마들렌 같은 구운 과자를 상상하지 않

나. 그것도 살짝 고급스러운 느낌의 과자 말이다.

"빗나갔네."

봉투 속에는 막과자 가게에서나 팔았을 법한 미쓰안즈

가 들어 있었다. 말린 살구에 꿀범벅을 한 과자 두 봉지.

아주 오래전에 먹었던 적이 있다. 그러고는 까맣게 잊

고 있었다. 새콤달콤하면서 소박한 맛. 딱히 좋아하지도

싫어하지도 않는 맛이다.

오늘의 디저트는 이걸로 할까?

그 순간 요란한 강풍이 휘몰아쳤다.

춥다.

이런 걸 먹었다가는 속이 냉해질 것 같은데. 먹기 싫다.

그렇다고 버리기는 아깝다. 어쩐지 그립기도 하고.

그리워?

맞다.

이 과자, 그리운 누군가가 굉장히 좋아했었는데.

막과자 가게에 갈 때면 그 아이는 어김없이 이걸 사서

먹었다.

"초콜릿이나 쿠키보다도 난 미쓰안즈가 좋아."

그렇게 말하곤 했다. 나는 웃었다.

"취향 독특하네."

누구였더라?

두 덩이째 주먹밥은 제쳐둔 채 나는 미쓰안즈 봉지를
열었다. 그리고 과자를 입에 넣었다.

새콤하다.

이 맛.

떠올랐다.

메이였다.

*

아득한 옛날.

초등학생 무렵이었다.

나와 메이는 사이가 좋았다.

3학년 무렵, 우리 반에 전학 온 쓰시마 메이. 계기는 잊
어버렸지만 누구보다도 금세 친해졌다. 4학년부터 6학년
까지 쭉 같은 반이었다. 한동네에 살아서 등교반˙도 같았

●　　안전을 위해 집이 같은 방향인 아이들끼리 모여 함께 등교하는 것.

고 하굣길도 함께였다. 집에 갔다가 곧장 메이네 집으로 놀러 가곤 했다.

메이는 아버지가 없었다.

"이혼했어, 우리 집."

메이는 태연스레 말했다.

"흐음."

나로서는 무심히 받아넘기는 수밖에 없었다.

"아빠가 툭하면 화를 내는 성격이었어. 조금이라도 신경을 거스르면 엄마랑 나한테 바로 손찌검을 했거든."

헉, 심하네.

"발길질도 했어."

으아, 장난 아니잖아.

역시나 동요하면서도 나는 아무렇지 않은 척해야 했다.

"흐, 흐음."

"그래서 이대로는 살 수 없다면서 엄마가 결심한 거야. 살고 있던 아파트에서 한밤중에 도망쳐 나왔어. 아빠가 깰까 봐 아무 소리도 안 내려고 조심하면서 가만히 현관을 나왔지. 살던 곳은 10층이었는데 엘리베이터가 올라오길 기다리는 동안 심장이 쿵쾅거렸어. 짐이라고는 스포츠가방 달랑 하나였어. 다음 날 갈아입을 옷 정도만 들어 있었지. 전철도 안 다니는 시간이라서 국도변을 계속 따라 걷다가 겨우 택시를 잡아서 할머니 집으로 도망쳤어."

"세상에."

"그러고 나서 이혼 소송을 했어. 엄마가 맞았을 때 의사한테 진단서를 받아뒀어서 이혼 자체는 척척 진행되긴 했는데, 아빠는 내 양육비를 절대 못 준다며 단칼에 거절했어. 그래서 엄마도 풀타임으로 일을 해야 해."

"하지만 할머니네 가게가 있잖아?"

메이네 할머니는 빵집을 운영하고 있었다.

"빵집만으로는 아무래도 먹고살기 힘들지."

메이는 씁쓸한 표정을 지었다.

"빨리 나도 일할 수 있었으면 좋겠어."

빵집이라고는 해도 직접 빵을 굽는 게 아니라, 일종의 가공을 해서 파는 가게였다. 햄과 삶은 감자, 삶은 달걀을 잘게 으깨서 마요네즈로 버무린 뒤 얇게 썬 식빵 사이에 넣어 만든 샌드위치나 핫도그번에 딸기잼과 땅콩버터를 듬뿍 바른 빵을 팔았다. 점심이나 간편식으로 알맞아서 동네에서는 꽤 인기 있는 가게였던 것 같다.

놀러 가면 간식으로 늘 잼빵이나 땅콩버터빵을 줬기 때문에 메이는 내게 더욱 매력적인 친구였다.

그런데도 그다지 돈벌이가 시원찮다니.

"한 개에 백오십 엔이거나 기껏해야 이백 엔이잖아. 잘 팔려봤자 개수가 빤해서 남는 게 별로 없어."

호리호리한 키에 찰랑이는 머리는 늘 단발. 단정한 눈 썹과 기다란 눈매를 한 메이.

메이는 나보다 훨씬 성숙했다.

"엄마는 남자친구가 있는데 두 번 다시 결혼은 하고 싶 지 않대."

"우와."

"아빠도 결혼하기 전에는 때리지도 않고 다정했대. 그 런데 결혼해서 애가, 그러니까 내가 생기니까 변해버렸대. 걸핏하면 화내고 물건을 던지거나 손찌검을 하고 발길질을 해댔지. 난 그런 아빠밖엔 몰라. 다정했던 시절이 있었다니 못 믿겠어."

"어째서 그렇게 변해버린 거야?"

"몰라. 엄마가 그러더라. 아빠와는 가족이 되지 말았어 야 했나 보다고."

"무슨 뜻이야?"

"남으로 지내는 편이 나았을 거란 뜻."

나는 혼란스러웠다.

"잘 모르겠어."

"난 조금은 알 것 같아. 가족끼리는 거리낌이 없잖아."

"그래서 좋은 거 아냐? 일일이 배려하지 않아도 되고."

"그거야."

메이의 눈이 날카롭게 빛났다.

"바로 그거야. 아무리 가족이라도 서로를 배려해야만 해. 자기 생각을 거침없이 말해버리니까 싸움이 되는 거야."

"그렇긴 하지만."

우리 집에선 늘 있는 일이다.

"싸우면 강한 쪽이 이기잖아. 강한 사람은 마음에 안 드는 건 참지 않아. 말이든 행동이든 전부 자기 마음대로지. 그래서 아빠처럼 돼버리는 게 아닐까."

난 인정할 수밖에 없었다.

"그럴지도 모르겠네."

꽤 사연이 있는 가족이다. 하지만 메이는 시원시원한 성격이었다. 어른들이 품은 문제도, 그로써 자기가 겪어야 했던 상황도 담담히 이야기했다.

메이는 의젓하구나.

평소 나는 메이를 우러러보고 있었다. 같은 처지였다면

나는 훨씬 엉망진창이었을 텐데.

아빠를 용서 못 해. 그런 아빠와 결혼한 엄마도 나빠. 그런 식으로 생각하며 늘 울분을 터트리고 의기소침해지기를 반복하면서 기분 나쁜 우울감에서 벗어나지 못했을지도 모른다. 분명 메이처럼 냉정하게 대처하진 못했겠지.

"그래서 우리 집엔 규칙이 있어. 하고 싶은 말이라도 선을 넘지 말 것."

"가능해?"

"힘들지." 메이는 선뜻 대답했다. "할머니도 엄마도 다들 하고 싶은 말만 하는걸. 시끄러워 죽겠어."

살짝 안심한다.

"그렇다니까."

"그래도 할머니랑 엄마는 너무 심한 말은 아무리 하고 싶어도 서로 꾹 참는대. 참는 게 저 정도인가 싶지만."

메이는 빈정대듯 웃다가 갑자기 입을 꾹 다물었다.

"할머니도 할아버지랑 이혼했거든. 유전인가 봐. 이혼 유전자가 DNA에 새겨져 있는 건지도 몰라."

나는 깜짝 놀랐다.

"유전? 이혼이 유전자 때문이라고?"

메이는 진지한 얼굴이었다.

"그래. 난, 애초부터 결혼은 안 하는 편이 좋다고 생각해. 어차피 이혼하는걸, 뭐."

"글쎄."

그런 말을 내뱉기엔 조금 성급한 게 아닐까. 역시나 그런 생각이 들었지만 입 밖으로 꺼내지는 못했다. 유전자라는 말까지 한 마당에. 반론하기란 힘들다.

그 부분에 있어서 메이는 상당히 진심인 것처럼 보였다.

"남자는 질색이야."

사사건건 그렇게 말하는 터라 주저하게 되었다.

"바보에다 난폭하고 배려심이 없어. 그래서 싫어."

"그런가."

솔직히 말하면 나는 남자를 싫어하지 않았다. 물론 바보에다 난폭하고 툭하면 '못난이'라고 욕하는 등 배려심이라곤 눈곱만큼도 없는 녀석은 질색이지만, 그렇지 않은 애도 있고 사실 좋아하는 남자애도 있었다.

"무라타 말이야. 다정하지 않아?"

넌지시 말해보았다. 맞다, 나는 무라타를 좋아했다. 하지만 메이는 콧방귀를 뀌었다.

"그래봤자 무라타 쟤도 집에 가면 엄마한테 실컷 버릇

없이 굴다가 뜻대로 되지 않는 일이 있으면 악을 쓰며 난폭하게 굴 거라고."

"그, 그럴까."

나는 반론할 수 없었다. 확실히 내 남동생도 제멋대로인데다 그런 느낌이다. 따지고 보면 나조차도 어느 정도는 비슷한데.

"남자는 조심하는 게 상책이야."

결국 메이는 그렇게 고생하다 보니 나보다 훨씬 조숙해진 것이다. 나는 메이의 그런 점도 좋았다.

메이는 정말 어른스러워.

장래에 무엇을 할지도 메이는 진지하게 고민하고 있었다.

"할머니의 가게를 물려받고 싶어."

확실하게 말하곤 했다.

"내가 이어받아서 가게를 더 키우고 싶어. 건물을 개축해서 빵도 즉석에서 구울 수 있게 할 거야."

부푼 야망도 가지고 있었다.

"멋지다."

나는 그저 감탄할 따름이었다. 자신의 장래 같은 건 생각조차 해 본 적이 없었다. 원하는 직업은 학교 선생님일 때도 파티시에일 때도 있었는데, 만화나 텔레비전 방송의 영향을 받으며 걸핏하면 바뀌었다.

나는 메이를 좋아했다. 메이와 친구여서, 늘 함께 있을 수 있어서 기뻤다.

중학생이 되던 무렵까지는 변함이 없었다.

그런데 중학교 1학년이 되자 상황이 바뀌었다.

*

나는 메이에게 다가갈 수 없게 되었다.

가끔 소문은 들었다.

6~7년 전 메이네 할머니의 건강이 나빠지신 것도, 가게를 닫았다는 것도 알고 있었다.

메이는 어떻게 되었을까.

가게를 물려받고 싶다던 메이.

그러나 이제 더는 나와 아무 상관도 없는 이야기다.

3

생각해 봐야 부질없는 짓이다.

언제부턴가 나는 단념하는 게 습관이 되었다.

생각해 봐야 부질없는 짓이야.

그래서 생각하지 않기로 했다.

내가 잃어버린 소중한 존재를.

*

새콤하다.

혀뿐만 아니라 가슴 깊은 곳까지 시큰거린다.

다시 돌풍이 불어와서 추위 때문에 나는 정신이 들었다.

가방 안에서 스마트폰을 꺼내 살펴봤다. 연어 주먹밥에는 아직 손도 대지 않았는데 점심시간은 5분도 채 남지 않았다.

글렀군.

나는 벤치에서 일어나 회사 쪽으로 걸음을 재촉했다.

가방 안에는 연어 주먹밥과 미쓰안즈 한 봉지가 남아 있었다.

회사로 돌아와 데스크에 앉아서 컴퓨터 화면을 바라보면서도 마음은 여전히 과거를 좇고 있었다.

나는 메이를 잃었다.

메이와 나는 초등학교를 졸업한 뒤 같은 중학교에 입학했다. 메이는 5반이고 나는 3반이어서 반은 갈렸으나 아침에는 함께 등교하고 수업이 끝나면 신발장 앞에서 서로 기다렸다가 같이 하교했다. 집에 돌아오면 메이네 집에 놀러갔다. 예전과 변함없었다. 여전히 사이가 좋았다.

그저 메이에게 5반에서 새로 친해진 친구가 생겼을 뿐.

나카가와 후미카라는, 머리가 길고 이목구비가 또렷한 여자애였다.

집에 돌아갈 즈음 내가 기다리고 있으면 메이는 반드시

나카가와와 함께 즐거운 듯이 이야기를 나누며 왔다. 그리고 아쉽다는 듯 서로 손을 흔들었다.

"잘 가."

"또 봐."

솔직히 말해서 나는 마음이 편치 않았다.

"나카가와도 함께 집에 가도 될까?"

언제쯤 그런 말을 듣게 되는 건 아닐까. 그러면 어떻게 해야 하지.

다행히도 나카가와의 집은 우리 동네와는 정반대 방향인데다 멀었다.

내게도 반 친구는 생겼다. 가장 자주 말하는 친구는 미시마 유카라는 아이로 별명은 미키였다. 하지만 당연히 메이만큼의 친밀감은 느껴지지 않았다. 이야기를 나눠도 즐겁다기보다 여전히 서먹했다.

하지만 메이와 나카가와는 서로 마음이 잘 맞아 보였다.

"나카가와 말이야."

메이는 툭하면 나카가와 이야기를 했다.

"오늘 나카가와랑 이야기했는데, 걔네 집도 부모님이 이혼하셨대."

"그렇구나."

나는 건성으로 대답했다. 아무래도 상관없었다.

"아버지가 폭력적이어서 엄마랑 집을 나왔다나 봐."

메이는 나의 반응은 개의치 않는 듯이 말을 이어갔다.

"나랑 닮았어."

"그런가."

"어쨌든 서로 말이 통하니까."

내 가슴은 술렁술렁 요동쳤다. 닮기는 뭐가 닮아. 부모님이 이혼한 집안 같은 건 흔해 빠졌다고. 내게는 아빠도 엄마도 남동생도 있지만, 그 누구보다도 우리는 서로 말이 잘 통하지 않았는가.

불안했다.

이제는 안다.

내가 질투하고 있었다는 걸.

메이를 나카가와에게 빼앗길지도 모른다는 생각에 괴로웠다.

"아카리는 5반의 쓰시마 메이랑 친하지?"

어느 날 미키가 의미심장한 말투로 물었다.

"늘 같이 하교하잖아?"

나는 고개를 끄덕였다.

"5반 친구한테 들었는데 다들 쓰시마를 싫어하는 모양이더라."

나는 아무런 말도 하지 않았다.

"쓰시마랑 나카가와는 항상 딱 붙어 다니는 것 같던데, 둘 다 엄청 이상하대."

아니야.

나는 생각했다.

나카가와가 어떤 애인지는 모르지만 메이는 이상한 애가 아니다.

특이한 면은 있을지 몰라도 나는 메이의 그런 점을 좋아한다.

"반에서는 그 두 사람 아무도 상대해 주지 않는다던데."

그래서 어쩌라고?

나는 미키에게 말했어야 했다.

5반에서 무슨 일이 있든 말든 메이는 내 친구라고. 반에서 있을 곳이 없다면 더더욱 내가 메이 옆에 있어 줘야 한다.

"하긴, 쓰시마랑 나카가와는 둘만의 세계에서 즐거운 것 같더라. 그래서 더욱 튀는 거야. 모두가 그런다던데. 그 애들하고는 가까이하지 않는 편이 좋다고."

모두, 모두, 모두.

모두라는 게 대체 어디의 누구를 말하는 거야.

모두가 뭐라 지껄이든 말든 나는 메이 편이다.

"쓰시마하고는 아무래도 가까이하지 않는 게 좋지 않을까 싶어."

무슨 소리를 하는 거야. 주제넘은 참견이잖아.

메이는 내 친구야.

지금, 그 순간으로 되돌아간다면 꼭 말할 텐데.

메이는 나의 소중한 친구라고.

하지만 당시의 나는 그러지 않았다.

"그렇구나."

미키를 향해 이렇게 말했다.

"알려줘서 고마워."

어처구니없게도 고맙다는 말까지 했다.

그날 집에 가는 길, 헤어질 때 메이에게 말했다.

"내일부터 각자 집에 가자."

메이는 깜짝 놀라는 표정이었다.

"어째서?"

"어째서라니, 반도 다르잖아. 내게도 다른 친구들이 생겼고 너도 그렇잖아?"

빈정거리는 말투였다. 나카가와를 특정해서 내뱉은 말이었다. '둘만의 세계에서 즐겁다'라는 미키의 말이 가슴에서 빙글빙글 소용돌이치고 있었다.

"난 있지."

메이는 당황한 눈치였다. 곤란한 듯한 표정이었다.

"지금 이대로가 좋은데."

"난 아냐."

메이를 향해 나는 쿡쿡 찌르듯이 말했다.

"더는 그러기 싫어. 우린 달라. 공통점이라곤 하나도 없어."

스스로도 말도 안 되는 트집을 부렸다. 알고 있었다. 하지만 나는 말을 멈추지 않았다. 멈출 수 없었다.

"그러니까 더는 같이 집에 안 갈 거야."

그렇게 내뱉은 순간, 어쩌면 마음 어딘가에서 기대하고 있었는지도 모른다.

그런 말 하지 말라고, 이제까지 그랬던 것처럼 함께 집에 가자고. 메이가 내게 매달리는 상황을.

그러나 메이는 그런 말은 하지 않았다.

"그렇게 생각한다는 거지?"

살짝 붉어진 눈시울로 메이는 이렇게 말했다.

"잘 알았어."

그걸로 끝.

메이와 나의 우정은 끝났다.

4

오후 5시, 퇴근이다.

나는 극심한 공복을 느꼈다. 그럴 만도 하지. 점심으로 먹은 거라곤 주먹밥 한 덩이와 미쓰안즈뿐이다. 연어 주먹밥은 아직 가방 안에 있다.

배고프다.

그렇다고 점심에 남긴 차가운 주먹밥을 먹고 싶지는 않은데.

회사 건물을 빠져나와 늘 다니는 언덕길로 내려가려다 발길을 멈췄다.

가끔은 다른 길로 돌아가는 것도 좋겠지. 배도 고프니 뭔가 사서 먹고 싶다. 회사에서 언덕을 내려가지 않고 큰길가를 따라 15분쯤 걸으면 전철역이 있다. 거기에서 전철을 타고 집에 돌아가자. 그 역에서 전철을 타면 집과 가장 가까운 역까지 한 번 환승을 해야 하지만 어쩔 수 없지.

뭘 사갈까. 편의점은 지겨운데.

멍하니 생각하면서 걸었다. 바람이 점점 차가워졌고 구름도 낮보다 많아진 느낌이었다.

두둥실 풍겨오는 갓 구운 빵 냄새.

나는 걸음을 멈췄다.

갈색 타일로 외벽을 꾸민 건물 1층의 유리창. 그 너머로 보이는 밝고 따뜻한 분위기의 가게 내부. 이런 곳에 빵집이 있었네.

냄새에 끌리듯 나는 가게 문을 밀었다.

"어서 오세요."

가게 안쪽에서 말을 걸어왔다.

반사적으로 그쪽을 쳐다봤다가 나는 숨을 멈췄다.

메이.

이런 일도 생기는구나.

조금 전까지 줄곧 메이를 떠올리고 있었는데.

설마 여기에 있을 줄이야.

나는 휙 뒤돌아섰다. 들어왔던 문을 열고 밖으로 나가려 했다.

"아카리."

*

더는 같이 집에 가지 않겠다고 선언한 그날로부터 2년 정도 시간이 흘렀을 무렵이었다. 나는 딱 한 번 메이에게 말을 건 적이 있었다.

메이의 할머니가 병으로 쓰려져 입원했다는 소식을 들었을 때였다. 빵집도 휴업한 상태였다.

메이와 사이가 멀어진 뒤 나는 줄곧 후회하고 있었다. 어떤 친구와 함께 있든 진심으로 웃어본 적이 없었다. 미키와도 2학년에 올라가 반이 갈라지면서부터는 아는 척도 하지 않게 되었다. 얕은 우정이었다. 그런 친구 때문에 나는 메이와 절교하고 말았다.

아냐. 미키 탓은 아니다. 내 잘못이었다.

메이는 나카가와와 여전히 사이가 좋아 보였다. 어쩌다 두 사람을 발견해도 나는 관심 없는 척을 했다. 나카가와가 아닌 다른 친구와 함께 있는 모습을 본 적도 있었다.

1학년 5반의 '모두'가 어떻게 대하든 메이는 착실히 새로운 관계를 맺으며 살고 있었다.

항상 메이의 존재가 가슴 언저리에 무겁게 자리하고 있었다. 생각하지도, 보지도 않으려 노력하며 하루하루를 보냈다.

화해하고 싶었다.

그래서 그날 메이의 집 앞에서 기다렸다. 매일 할머니 병문안을 다니는 터라 메이가 저녁 늦게 집에 돌아온다는 사실도 소문으로 들어 알고 있었다.

메이는 커다란 종이봉투와 책가방을 들고 교복 차림으로 돌아왔다.

"메이."

눈이 마주쳤다.

메이는 무표정한 얼굴이었다. 눈썹도, 눈도, 볼도, 입술도 전혀 미동이 없었다. 나는 말문이 막혔다.

할머니 입원하셨다면서. 괜찮으셔?

묻고 싶었다. 그런데 목구멍 안쪽이 얼어붙은 것처럼 목소리가 나오지 않았다.

메이는 나를 용서하지 않을 것이다.

메이의 반응을 통해 그 사실을 확실히 깨달았다.

나는 메이에게서 시선을 거두고 황급히 그 자리에서 도망쳤다.

용서받지 못하리라 생각했다.

*

"아카리 맞지?"

믿을 수 없어.

"세상에. 오랜만이다. 잘 지냈어?"

메이가 만면에 웃음을 띤 채 내 앞에 서 있었다.

"몇 년 만이지. 중학교 이후 처음인가."

맞아, 6년인가 7년쯤 됐어.

"지금 퇴근하는 길이야?"

나는 고개를 끄덕였다.

"나 있지, 이 가게에서 일해."

초록색 앞치마 차림의 메이는 겸연쩍은 듯이 말을 이었다.

"우리 할머니, 건강이 나빠지셨잖아. 가게 문 닫았던 거 기억해?"

그럼. 쭉 걱정했어.

"언젠가 내가 가게를 다시 열 거야. 그래서 일하면서 배우고 있어."

그랬구나.

메이는 변함이 없었다. 착실히 할 일을 하고 있다. 전혀 흔들림이 없다.

"아카리는 어떤 일해?"

나?

난 뭘 하며 살고 있더라? 대답할 수 없다. 스스로도 모르겠다.

"저기 말이야."

메이가 눈을 내리깔았다.

"계속 말하고 싶었는데. 그때는 미안했어."

그때?

"언젠가 우리 집 앞에서 기다린 적 있었잖아? 그때 차갑게 구는 바람에 아카리가 곧장 돌아가 버렸지."

메이는 조금씩 말을 토해냈다.

"사실은 기뻤는데, 불러 세우지 못했어. 화해하고 싶었는데."

가슴에 따스함이 퍼져나가는 느낌이었다.

메이도 나랑 같은 마음이었구나.

"고집을 부렸었지. 계속 그날 일이 신경 쓰여서 사과하고 싶었어. 미안해."

코가 찡해졌다. 큰일이네, 눈물이 나올 것 같다. 나는 배에 힘을 꽉 주고 참아냈다.

미안해.

그 한마디를 전하지 못한 쪽은 나였다.

한 가지 확실한 건 역시 나보다 메이가 훨씬 어른이라는 사실이다.

"맞다."

나는 기억이 떠올랐다.

가방 안쪽에서 미쓰안즈를 꺼냈다.

"줄게."

메이가 눈을 휘둥그레 떴다.

"어머, 이게 뭐야?"

활짝 웃었다.

"미쓰안즈 오랜만이네. 요즘엔 파는 걸 거의 못 봤는데."

그러게, 예전에 자주 가던 막과자 가게는 없어졌으니까.

"그 가게가 문을 닫은 뒤로는 통 못 봤거든. 이 과자 진짜 좋아했어."

응, 기억하고 있었어.

"기억하고 있었구나."

메이는 다정하게 미소를 지었다.

"고마워."

그러더니 내 손을 잡아끌며 가게 중앙으로 다시 데려갔다.

"미쓰안즈를 준 답례니까 좋아하는 빵을 골라봐. 내가 살게."

나는 어쩔 줄 몰랐다.

아냐, 괜찮아. 그 과자, 도시락 가게에서 받은 경품인걸.

메이는 즐거운 듯 웃었다.

"우리 가게 빵, 맛있어. 카레빵이랑 소시지빵이 인기야. 식빵이나 핫도그빵도 잘 나가고."

그래. 앞으로는 그 도시락 가게 말고 여기에서 점심을 사갈까.

아냐, 그 도시락 가게 덕분에 메이를 만날 수 있게 되었는데 배신하는 것 같아 미안하잖아.

*

가슴에 꽉 막혀있던 커다란 덩어리가 녹아내렸다. 그런 기분이 들었다.

내일부터 나는 조금은 변할지도 모른다.

따분한 직장이고 아르바이트일 뿐이지만, 조금이나마 정신을 차려서 일하자. 그러다 보면 메이에게도 분명 당당히 말할 수 있겠지.

아르바이트이긴 하지만 열심히 일하고 있다고.

나는 메이에게 부끄러운 사람이 되고 싶지 않다.

이상한 건가.

아니, 이상하지 않다.

한 번 잃어버렸다고 생각했던 소중한 존재를 나는 되찾았다. 더는 두 번 다시 잃고 싶지 않다.

소중히 여기고 싶다.

*

따분하고 보잘것없고 아무 일도 일어나지 않는 하루는

오늘까지.

내일은 분명 특별한 일이 생길 거야. 그동안의 우중충한 잿빛 나날을 뒤바꿀 멋진 사건이 기다리고 있을 거야.

앞으로 다채로운 나날이 펼쳐질 거야.

틀림없어.

그런 상상을 하며 잠자리에 든다.

지금까지는 매일 그렇게 생각해 왔다. 기대했다가 배신당하고 늘 같은 희망을 품은 채 잠들었다.

아마 그런 나날도 오늘 밤이 마지막이겠지.

틀림없다.

내일은 다른 내가 될 거야, 진심으로.

제2장

닭튀김 도시락 손님

그 사람은 나에 관해서라면

늘 무엇이든 알고 있다.

1

5월의 아침.

평소와 다를 바 없는 아침이다.

지금 살고 있는 연립주택 근처 도시락 가게에서 나는 늘 닭튀김 도시락을 산다.

그러고 보니 요즘 닭튀김 도시락에 푹 빠져 있다. 점심으로 계속 이것만 먹는다. 월요일부터 금요일까지 출근하는 길에 사 간다. 도시락 가게가 문을 닫는 주말은 섭섭하기까지 하다. 어쩔 수 없이 슈퍼마켓에서 파는 걸 사 먹지만 그땐 닭튀김 도시락은 제외한다.

하나에 사백 엔. 닭튀김이 다섯 개나 들어 있고 부식으로 딸린 감자샐러드도 푸짐하다. 밥도 듬뿍 담겨 있으니

이 가격이면 꽤 저렴하다. 그래서 언제나 이 닭튀김 도시락을 고른다.

질리지 않느냐고? 어쩌선지 전혀.

옛날부터 나는 뭔가에 꽂히면 줄곧 그것 하나만 먹어도 질리는 법이 없었다. 그야 언젠가는 물리는 날도 온다. 그것도 느닷없이. 하지만 지금으로써는 일편단심 닭튀김 도시락이다. 점심시간이 다가와 허기가 느껴지면 '드디어 닭튀김 도시락과 감자샐러드를 먹을 시간이야.'라고 뇌가, 입이, 혀가, 위장이, 이 가게의 닭튀김 도시락을 미친 듯이 원하는 터라 어쩔 도리가 없다.

스스로도 알고는 있다. 내가 집착이 강한 성격이라는 걸.

생강과 마늘 맛이 느껴지도록 간장으로 밑간을 했으며 튀김옷은 식어도 바삭하다. 한 입 베어 물면 입 안에서 기름과 지방이 조화를 이룬다. 도저히 참을 수 없는 맛이다.

그때 귓속에서 속삭이듯 들려오는 한 목소리.

'고기만 먹으면 못 써. 채소도 먹어야지.'

물론 먹고말고. 감자샐러드가 있으니까.

'감자만으로는 어림도 없지. 녹색 채소를 먹으렴.'

오이도 제대로 들어 있다고. 거기다 양파도 조금.

'그걸로는 부족해. 저번 주에 택배로 이것저것 보내줬잖니? 사다 먹거나 외식만 해서는 아무래도 골고루 영양분을 섭취하기 힘들단다. 보내준 반찬은 꼬박꼬박 먹고 있니?'

당연하지.

'거짓말 아냐?'

물론 거짓말이지. 냉장고에 넣어둔 채 손도 안 댔다. 아마 벌써 썩기 시작했을걸. 또 한꺼번에 모아서 월요일에 음식물 쓰레기로 버릴 거야.

'그럼 그렇지. 그럴 줄 알았다.'

역시나.

그 사람은 나에 관해서라면 늘 무엇이든 알고 있다니까.

*

"포인트 카드, 오늘로 다 채우셨네요."

평소와 다를 바 없는 아침.

여느 때처럼 나는 닭튀김 도시락을 샀다. 바닥이 널찍

한 쇼핑백을 미리 챙겨와서 도시락을 담았다. 그런데 가게 점원의 말이 평상시와 달랐다.

"사백 엔입니다. 감사합니다."

늘 되풀이하는 말에 이어서 한마디를 덧붙였다.

"포인트요?"

무슨 뜻인지 곧장 파악하지 못해서 되물었다.

"포인트 카드 말이에요."

가게 점원인 여자가 카드를 손가락으로 가리켰다.

"꽉 찼어요."

"아하."

그랬나, 이 가게에 포인트 카드가 있었던가. 새까맣게 잊고 있었다. 계산할 때마다 스탬프를 콩콩 찍어 주는, 자못 예스러운 종이카드. 자각도 하지 못한 채 무의식적으로 돈과 함께 카드를 건네고 있었나 보다.

그러고 보니 확실히 두세 번쯤 다른 가게의 카드를 이곳에 낸 적도 있었다. 그때 "이건 저희 카드가 아니에요."라는 지적을 받고 지갑 속 카드 위치를 바꿨던 기억이 난다. 하지만 포인트가 얼마나 쌓였는지는 한 번도 확인한 적이 없었다.

"다 모았나요?"

"네."

나는 여자 점원의 얼굴을 물끄러미 쳐다봤다.

얼마 전까지 이 가게에는 할아버지뿐이었다. 치켜 올라간 가느다란 눈에 사각턱을 한 우악스러워 보이는 할아버지. "거스름돈 백만 엔이올시다." 계산할 때마다 못 들은 척 시치미를 떼게 만드는 농담을 진지한 얼굴로 말하는 별난 할아버지였다.

언제부턴가 이 여자가 일손을 돕기 시작하더니 초봄부터는 혼자서 가게를 지키고 있다. 맞다, 포인트 카드가 생긴 것도 이 여자가 일하게 된 뒤부터였던 것 같은데. 잘 기억나진 않지만, 틀림없다.

자세히는 몰라도 할아버지는 병에 걸려 요양 중인 모양이다. 그런 사실을 내가 어떻게 알고 있는지 그 기억도 흐릿하지만, 가게 사장님은 어떻게 되셨냐고 여자에게 물어봤던 게 아닐까. 돌아가신 거라면 곤란하다. 나로서는 닭튀김 도시락이 걱정이었다. 맛이 완전히 바뀌면 조금, 아니 상당히 싫으니까.

다행히 여자가 할아버지의 조리법을 제대로 물려받은 모양이다.

흠이라고 한다면 튀김옷이 살짝 찢겨서 딱딱한 점이랄

까. 게다가 감자샐러드는 마요네즈 맛이 진하다. 감자도 너무 부드럽게 으깬다. 할아버지가 만들면 감자 덩어리가 섞여 있어서 씹는 맛이 있는데. 하지만 그것 말고는 거의 맛이 같았다.

"포인트를 모으면 뭔가 선물이 있나요?"

여자의 얼굴을 바라보면서 물었다. 이런 식으로 느긋하게 여자를 관찰한 적은 처음이다. 평소라면 "사백 엔입니다. 감사합니다."라는 최소한의 응대가 전부였다.

생각보다 젊군.

나이가 더 많을 줄 알았는데 그래봤자 나보다 한두 살쯤 위려나. 어쩌면 나이가 같거나 아래일지도 모른다. 화장기가 없는 탓인지 시원스러운 눈매도 도톰한 입술도 둥근 얼굴도 오히려 앳돼 보인다. 늘 고개를 숙이는 경우가 많고 붙임성이 좋아 보이지도 않는 데다 목소리도 낮았기 때문에 꽤 나이를 먹은 아주머니일 거라 짐작해 왔다.

상대방의 나이가 젊으면 약간 걱정된다.

포인트를 모으면 뭔가 선물이 있나요?

이 질문, 지질해 보이려나. 물욕이 많은 녀석으로 보이진 않을까.

"거기 있는."

여자는 옆에 놓인 음료 전용 소형 냉장고를 가리켰다.

"음료 중에 한 병을 자유로이 고르실 수 있어요."

"아, 그렇군요."

스스로도 느낄 만큼 내 목소리에는 실망하는 기색이 역력했다.

달갑지 않다. 상당히 별로다. 솔직히 말해서 실망스럽다. 김샜다고나 할까. 하나에 백오십 엔짜리 주먹밥과 삼백 엔에서 사백오십 엔쯤의 도시락을 파는 가게의 포인트니, 그 정도가 적절한 보상일지도 모른다. 그래도 달갑지 않은 건 마찬가지다.

"그럼 한 병 가져갈게요."

가게를 나서려는데 여자가 불러 세웠다.

"이것도 가져가세요."

자그마한 종이봉투를 내밀었다.

"뭐죠?"

"가게에서 드리는 경품이에요."

"경품이요?"

"네."

"뭔데요?"

봉투가 얇았다. 카드나 엽서 같은 게 들어 있나. 그렇겠지. 역시나 반갑지 않은데.

"열어보는 재미가 있죠."

여자의 무표정한 얼굴이 아주 살짝 움직였다.

얼씨구?

목소리가 튀어나올 뻔했다. 여자가 아주 미세하게 웃은 것 같았기 때문이다. 미소가 섞인 선의로 건네줬는데 필요 없다며 되돌려주기도 그랬다.

"고맙습니다."

나는 말했다.

"안녕히 가세요."

여자도 인사했다.

가게를 나와서 나는 지하철역으로 향했다.

아침의 혼잡한 전철에서 도시락을 들고 이동한다.

도시락이 담긴 쇼핑백을 대롱대롱 늘어뜨리는 건 다른 사람에게 실례이므로 가슴 앞에서 품듯이 들고 있다. 상당히, 실은 굉장히 성가시다.

그런데도 회사가 아닌 집 근처 가게에서 도시락을 사는 건 맛있어서다.

게다가 저렴하고 양도 많다.

고작 포인트의 보상이 기대 이하라는 이유로 실망해서는 안 된다.

그 가게가 아니면 나는 살아갈 수 없다.

너무 호들갑 떠는 건가.

*

내 이름은 오스기 신노스케. 스물세 살이다.

작년 봄, 대학에서 건축학과를 졸업한 뒤 어느 설계사무소에 취직했다. 재학 중일 때부터 수습 겸 아르바이트로 일하던 곳인데 그대로 정사원이 되었다. 도시락 가게 근처의 연립주택에서 혼자 살게 된 것도 그 무렵이다. 본가는 사이타마*의 구석 쪽이고 회사는 도심부에 있다. 가깝다고는 할 수 없어도 통근 불가능한 거리는 아니었고 월급이라고 해봐야 쥐꼬리만 하다. 생활비만으로도 무척 빠듯해서 놀러 다닐 여유도 없겠지. 알고는 있었다. 하지만 힘들더라도 독립하기로 마음을 굳혔다.

"얼마간이라도 집에서 다니면서 저금이 어느 정도 모인

• 도쿄의 북쪽에 인접한 현.

뒤에 자립하는 편이 좋지 않겠니?"

잔소리를 듣기도 했고 그 말이 정답이긴 하다. 그래서 더더욱 고분고분 따르고 싶지 않은 마음도 있었다.

나는 본가를 벗어나고 싶었다.

혼자서 해나갈 수 있다. 이제 난 어린애가 아니다. 한 사람의 어른이다. 언제까지나 부모 밑에서 편안히 살고 싶지 않다.

그 사실을 증명해 보이고 싶었다.

누구에게?

2

5월의 저녁, 오후 7시.

날은 저물고 나는 완전히 지칠 대로 지쳐서 집으로 돌아온다. 요즘 우리 회사는 비교적 한가해서 이래 봬도 일찍 퇴근한 편이다. 일이 밀려들면 야근에 야근이 이어지는 게 일상이다. 밥 먹듯 막차를 타고 퇴근한다.

하지만 바쁘지 않아도 피곤하긴 마찬가지다.

나는 여전히 일을 배우는 중이라 고객에게 들어온 주문을 직접 받아서 설계하는 일은 없다. 사무소 소장이 가르쳐 준 도면을 바탕으로 투시도*를 그리는 작업을 한다. 그게 골칫거리다. 좀처럼 잘했다는 말을 듣기 힘들다. 수정

•   한 시점에서 본 물체의 형태를 원근법에 따라 평면상에 그린 투영도.

에 수정을 거듭한다. 컴퓨터 앞에서 울고 싶어지기도 한다. 그림 그리는 걸 좋아하고 방 배치를 구상하는 일도 즐기는 터라 그나마 이 일을 버텨내는 것이다.

점심으로 먹는 닭튀김 도시락도 힘이 된다.

"오스기 씨는 맨날 같은 것만 먹네?"

선배인 여직원 마스다 씨는 완전히 질린 눈치다.

"속이 더부룩하지도 않나 봐."

전혀. 기름과 지방이야말로 최고다. 이걸로 충분한 에너지를 보충한다. 그리하여 나는 활력을 되찾고 오후를 견뎌낸다.

그러나 기름과 지방에서 얻은 고에너지는 퇴근길 만원 전철에서 부대끼는 사이 바닥나버리는 모양이다. 집에 도착하면 진이 빠지고 만다.

우편함을 연다. 피자 배달 전단지와 가스요금 고지서, 그리고 이건. 진절머리가 난다.

택배 서비스의 수취인 부재 통지문이 들어 있다. 발송인이 누구인지는 통지문을 보지 않아도 빤하다. 또 보냈네.

"안녕하세요."

등 뒤에서 중년 여자가 은색 브리지가 섞인 갈색 머리를 풍성하게 휘날리며 말을 걸어왔다.

"지금 귀가하나 봐요?"

옆집에 사는 사쿠라다 씨다. 녹색 아이섀도와 진한 푸른색 아이라인에 핑크색 입술. 사쿠라다 씨는 요란하게 화장한다. 앞 단추를 풀어 헤친 트렌치코트 사이로 빨간색과 오렌지색의 꽃무늬 원피스가 하늘거린다. 하이힐은 금색이다.

엄청나군. 사쿠라다 씨, 오늘 밤도 머리 꼭대기부터 발끝까지 화려하네.

"어서 와요."

"안녕하세요."

사쿠라다 씨는 이제 출근하는 모양이다.

"다녀오세요."

"호호호."

야릇한 미소를 지은 채 멀어지는 사쿠라다 씨를 배웅했다. 신주쿠였나 이케부쿠로였나. 어쨌든 그 근처 번화가에 있는 '술집'에서 일하고 있다며, 내가 여기로 이사 왔을 때 곧장 알려주었다. 그때 명함도 받았다. 유리아라는 가명이었다.

가명이겠지. 설마 본명일 리가 없잖아.

그렇게 사쿠라다 씨는 완전히 유리아 씨로 변신해서 출

근한다.

하지만 휴일 오후 연립주택 통로에서 마주치면 위아래 헐렁한 회색 트레이닝복 차림이다. 탈색은커녕 흰머리로밖에 보이지 않는 긴 머리를 풀어 헤친 채 화장도 하지 않은 얼굴의 사쿠라다 씨에게서 유리아의 모습은 찾아볼 수 없다. 숙취로 컨디션이 나빠 보이는, 진짜 사쿠라다 씨다.

사쿠라다 씨는 몇 살쯤 됐을까. 유리아일 때는 마흔쯤으로 보이다가도 맨얼굴에 트레이닝복 차림일 때는 예순 살로도 보인다. 수수께끼다. 나는 계단을 올라 2층으로 향했다. 202호는 사쿠라다 씨의 집이고 203호는 내가 사는 집이다. 202호의 불은 꺼져 있었다. 사쿠라다 씨의 딸이 아직 돌아오지 않은 모양이다.

사쿠라다 씨는 딸과 둘이서 산다. 딸이 고등학생이라는 말을 들은 데다 교복을 입은 채 걷고 있는 모습을 본 적도 있지만, 그때는 어쩌다 내가 유급휴가를 얻은 평일 오전 중이었다. 불량해 보이지는 않았다. 유리아 씨처럼 화장도 하지 않는다. 오히려 수수해 보이는 여자애인데 그리 성실하게 학교에 다니는 것 같지는 않다.

내가 고등학교에 다닐 때도 같은 반에 비슷한 애가 있었는데.

가슴을 콕콕 찌르는 기억. 나는 한숨을 내쉬고 열쇠로 203호 문을 열었다.

일을 시작하고 혼자 살게 되면서 학창 시절의 친구들과 만나는 일이 줄었다. 일하고 집에 와서 잠만 자는 나날.

공허하다.

그렇게 생각한 순간, 귓속에서 들려오는 목소리.

'그것 보렴. 그럴 줄 알았다.'

나는 세차게 고개를 저었다.

어쩔 수 없다. 내가 정한 삶이니까.

샤워하면서 기억을 떠올린다.

같은 반이었던 한 여자애를.

*

이시자카 마리에.

고등학교 2학년 때 동급생이었다.

사쿠라다 씨의 딸처럼 이시자카도 겉보기에는 전혀 불량한 느낌이 없었다. 그저 걸핏하면 학교를 빠졌다.

"이시자카는 오늘도 안 나왔군."

무단결석이라고 했다. 하지만 선생님도 그러려니 해서 다들 이시자카의 부재를 개의치 않았다. 등교해서 수업을 들을 때도 눈에 띄지 않는 아이였다. 친구들과 큰소리로 웃거나 떠드는 모습을 본 적이 거의 없었다.

있든지 말든지 아무도 신경 쓰지 않았다.

"이시자카는 오늘도 결석인가."

선생님의 한마디에 그 존재를 기억해 냈다가 곧장 잊어버린다. 그런 여자애였다.

그러다 여름방학을 코앞에 두고 나는 별난 인연으로 이시자카와 말을 하게 되었다.

어느 저명한 건축가가 자전적인 책을 써서 출판기념으로 강연회 명목의 토크쇼가 지역의 대형서점에서도 열리게 되었다. 집에서나 학교에서도 다소 먼 거리에 있는 서점이었지만, 막 설계사의 꿈을 꾸던 나는 그 강연회를 보러 갔다.

행사가 끝난 뒤 역사 안에 있는 패스트푸드점에 들어갔다.

"어서 오세요."

카운터에 이시자카가 서 있었다.

"이시자카."

"어머?"

이시자카는 난처한 듯 웃었다.

"가만, 이름이 뭐였더라?"

무례하게도 이시자카는 내 이름을 기억하지 못했다. 그 정도로 결석을 자주 한 데다 학교에 와도 주변에 흥미조차 없었을 것이다.

"오스기."

"아, 맞다, 오스기였지. 여긴 어쩐 일이야?"

"너야말로 뭐 하는 건데?"

어리석은 질문이었다. 이시자카는 패스트푸드점 유니폼을 입고 모자를 쓴 모습으로 내게 어서 오라고 말하지 않았는가. 누가 봐도 뻔하다.

"아르바이트."

이시자카는 점점 거북한 듯한 표정이 되었다. 우리가 다니는 고등학교는 아르바이트 금지였다.

"아르바이트하는구나."

나도 얼버무리며 웃을 수밖에 없었다.

"우리 학교 애들은 올 일이 없을 것 같아서 이 역의 가게를 골랐는데, 대체 넌 어떻게 온 거야?"

내 탓이란 건가.

"어쩔 수 없었어."

아까 건축가가 말했다. 이 동네 출신이라 이곳 서점에서 강연하기로 했다고.

그 건축가 잘못이지 내 탓은 아니다.

"안심해. 학교에 알릴 생각은 없으니까."

"정말?"

이시자카는 안도한 표정이었다.

"고마워."

웃었다.

이제까지 짓고 있던 찝찝한 웃음이 아닌 환한 미소였다. 이 녀석, 이런 표정도 짓네.

"응."

나는 겸연쩍은 기분이 들었다.

학교에서 이시자카의 웃는 얼굴을 본 적이 없었다. 이따금 교실에 있을 때도 혼자 덩그러니 앉아 있는 모습이 꽤 우울해 보였다. 아무도 보이지 않고 어떤 목소리도 들리지 않는 듯한 표정. 다른 세계에서 잘못 섞여 들어온 이방인처럼 보였다.

"이시자카 쟤, 좀 음침해 보이지 않아?"

"내 말이."

여자애들끼리 그런 식으로 수군대는 걸 들은 적이 있다. 음침한 이시자카에게는 아무도 다가가지 않았고 말을 걸지 않았다.

하지만 지금 내 눈앞에 있는 이시자카 마리에는 전혀 음침해 보이지 않았다.

"그래서 주문은?"

"학교에는 아무 말 안 할게."

나는 일부러 히죽히죽 웃으며 말했다.

"그 대신에 한 턱 쏴라."

"협박하는 거냐."

이시자카도 보란 듯이 눈을 부릅떴다.

"그거 범죄라고. 이 악당 같으니."

내 농담에 농담으로 응수하는 평범한 여자애였다.

그날 이후 나는 이시자카와 말을 주고받게 되었다.

*

욕실에서 나와 수건으로 머리와 몸을 박박 닦은 뒤 방으로 돌아왔다.

아까 바닥에 던져둔 채 어질러져 있던 윗도리와 바지를 주워 옷걸이에 건다.

'또 그런다, 또. 그러니 옷이 구겨지잖니.'

알아요. 알고 있다고요.

그때 윗도리 주머니에서 뭔가 툭 바닥에 떨어졌다.

"어?"

자그마한 종이봉투.

"이게 뭐지?"

고개를 갸우뚱하다가 퍼뜩 생각났다.

도시락 가게의 포인트로 받은 '경품'이다. 까맣게 잊고 있었다. 뭐, 굳이 기억할 필요가 있었을까 싶지만.

나는 아무런 기대도 없이 종이봉투를 열어 내용물을 꺼내 보았다.

"카드?"

카네이션이 그려진 카드.

맞다, 그러고 보니 5월에는 어머니날⁺이 있었지. 그렇긴 한데.

⁺ 일본에서는 5월 둘째 주 일요일을 어머니날, 6월 셋째 주 일요일을 아버지날로 정하여 기념함.

"끝나지 않았나?"

나는 윗도리의 같은 주머니에 들어 있던 스케줄 수첩을 꺼내 확인했다. 그럼 그렇지, 어머니날은 5월 둘째 주 일요일이다. 진작 날짜가 지났다.

어머니, 늘 감사합니다.

인쇄된 글자를 보며 나는 쓴웃음만 지을 뿐이었다.

"어쩌자고 나한테 이런 걸 준 거지?"

열어보는 재미가 있다던 '경품'이 때 지난 카드라니. 도시락 가게의 그 여자도 어지간히 잠이 덜 깬 모양이다. 아침마다 일찍 일어나 도시락을 만드느라 쫓겨서 그런가. 아무리 그래도 너무하네.

나는 손안에서 카드를 꾸깃꾸깃 구기기 시작했다.

그러다 멈췄다.

어머니날이라.

*

초등학생 시절에는 어머니날에 선물을 사곤 했다.

"서로 용돈을 모아서 같이 사자."

여동생 마나미의 제안이었다. 나는 그렇게까지 적극적이지도 않았던 것 같다.

"오빠는 늘 엄마가 많이 챙겨 주기도 하고 용돈도 넉넉하니까, 돈을 더 내."

두 살 아래 여동생이 그런 것까지 정해주었다.

뭘 샀더라. 기억나지 않는다. 카네이션 꽃다발이나 손수건 같은 선물이었겠지. 엄마에게 뭘 선물할지도 마나미가 정했다. 메시지 카드도 함께 넣었다.

어머니, 늘 감사합니다.

그런 문장을 적은 쪽도 마나미였고 난 그저 마지막에 이름만 써넣었다.

신노스케 올림.

사실 정확히 쓰자면 '마나미 올림'이라고 해야 하지 않았을까. 나는 시키는 대로 돈을 낸 것뿐이고 엄마에게는 아무것도 선물하지 않았으니까.

머지않아 마나미는 같이 사자는 말을 하지 않게 되었다. 그리고 나는 어머니날을 잊었다.

*

나는 도시락 가게에서 받은 어머니날 카드를 낮은 테이블 위로 집어던졌다.

어머니날 따위 별 의미도 없는 평범한 일요일이었다. 올해는 기억조차 하지 못한 채 하루를 보냈다. 올해뿐만이 아니라 작년도, 재작년도.

3

연립주택 근처에는 국도가 있다. 길을 따라 패밀리레스토랑과 쇠고기덮밥 가게, 라면 가게, 편의점과 슈퍼마켓이 죽 늘어서 있다.

내키는 대로 고를 수 있다. 그런 까닭에 나는 집에서 밥을 해 먹은 적이 없다. 가스레인지조차 거의 켜지 않는다. 냉장고에는 음료수만 넣어둔다.

솔직히 그 이상 냉장고를 채우고 싶지 않다.

그 사람이 냉장용 택배로 이것저것 보내지만 않는다면 가능한 일인데.

플라스틱 용기에 담긴 우엉과 연근조림, 시금치와 소송채 나물, 브로콜리 겨자무침.

아 참, 나중에 재배달 신청을 해야 한다. 귀찮아 죽겠네. 일단 가장 늦은 저녁 시간대를 지정해야 하는데 갑자기 일이 밀리면 귀가하지 못할 때도 있다. 그러면 택배업자는 다시 헛걸음하겠지. 받는 나야 그렇다 쳐도 몇 번이고 반복해서 배달해야 하는 택배업자도 성가실 터이다.

"보낼 필요 없다니까."

본가에 돌아갔을 때 말도 꺼내 보았다. 이런 식으로 배달된 물건을 받을 때마다 답례 문자를 보내면서 적어보기도 했다.

〔다 못 먹어서 상한다고. 버리게 된다니까. 아깝잖아.〕

사실 다 못 먹기는커녕 먹을 생각도 없다. 냉장고 안에 처박아뒀다가 다음 택배가 도착할 때마다 버린다. 이번엔 새로 받은 쪽을 처박아둔다. 별일 아니다. 교대로 음식물 쓰레기를 냉장 보관할 뿐이다. 부엌 찬장에는 용기가 쌓여간다.

그야 죄책감 때문에 마음은 쓰리다. 아깝다. 음식을 홀대하고 싶지는 않다. 그렇다고 억지로 채소를 먹긴 싫다.

기껏 자립해서 살아가고 있는데. 내 마음대로 먹고 싶다. 내 인생 아닌가.

그런데도 그 사람은, 엄마는 기어이 음식을 보내온다.

〔냉동했으니까 금방 상하진 않을 거야. 조금씩이라도 좋으

니 해동해서 먹으렴. 밀폐용기를 열어서 먹기만 하면 되니까. 어차피 넌 직접 요리도 안 할 테고 채소를 챙겨 먹지도 않잖니. 뻔하지, 뭐.〕

엄마는 내 말 따위 안중에도 없다.

오늘 저녁은 쇠고기덮밥으로 정했다. 점심에는 닭. 저녁에는 소. 밥은 고봉이고 채소는 없다. 으하하, 채소는 없다고. 누가 뭐라든 이게 나의 선택이다.

내 인생이다. 참견은 거절한다.

이제 어른이니까. 내가 정하는 거야.

*

"오빠는 늘 엄마가 많이 챙겨 주잖아."

마나미가 콕 집어 말하지 않아도 자각은 하고 있었다. 스스로도 선명하게 기억한다.

어릴 적 나는 엄마 껌딱지였다.

밖에 나가 까불거리며 뛰다가 "넘어졌어!" 하고 울며 엄마를 찾았다.

공원에서 친구들과 놀다가 싸움을 하면 "맞았어!"라며 엄마에게 울고불고 매달렸다.

집 밖으로 한 발짝이라도 나가면 눈물을 터트리기 일쑤인 울보. 나는 그런 아이였다. 그런 주제에 집 안에서는 안하무인이었다.

"여기부터는 내 진지야. 들어오지 마."

멋대로 거실에 깔린 러그 위를 점령한 뒤 마나미를 내쫓으려고 했다.

"너 들어왔지? 가만 안 둬."

세차게 밀쳐내서 울리기도 했다. 아무리 생각해도 터무니없이 억지를 부리는 쪽은 나였다. 물론 엄마에게 꾸지람을 들었다.

"마나미한테 거칠게 굴면 못 써."

"저 녀석이 나빠."

"아니잖아."

"맞아."

"아니래도. 엄만 다 알아."

제멋대로인 주제에 화장실에 혼자 들어가는 건 무서웠다.

"문 앞까지 같이 가."

엄마에게 부탁하곤 했다.

"그래, 알았어."

못 말린다는 듯 웃으며 내 부탁을 들어준 엄마에게 화장실 문 앞에서 거듭 애원했다.

"안까지 같이 들어가."

한심하기 짝이 없는 아이였던 셈이다.

거기다 질투의 화신이기도 했다.

"엄마, 내 말 좀 들어봐."

마나미가 신나는 표정으로 엄마에게 이야기하고 있으면 나는 기어이 훼방을 놓았다.

"엄마, 여기 와 봐. 빨리빨리."

"왜 그러니?"

엄마가 오면 나는 씨익 하고 회심의 미소를 지었다.

"아무것도 아니지롱."

나는 꽤나 무법자였다. 마나미가 불만을 품을 만하다.

"오빠는 심술쟁이야."

곧잘 불평을 듣기도 했고 엄마에게 주의도 받았다.

"심술부리면 안 돼."

"그런 적 없어."

나는 시치미를 뗐다. 사실은 스스로도 심술을 부리고 있다는 걸 알고 있었다. 마음 편히 즐겁게 하루하루를 살아가기 위해서는 엄마를 독점하고 싶었고 마나미는 눈엣

가시였다.

스스로도 잘 안다. 나는 얄미운 꼬맹이였다.

"거짓말하기는."

엄마는 그런 나를 다정하게 흘겨보면서 말했다.

"엄만 다 알고 있단다."

나는 엄마 껌딱지였다.

언제부터 변해버린 걸까?

그래, 중학생 무렵부터다.

그 시절 나는 숨어서 몰래 먹곤 했다. 요리하는 게 취미
였던 엄마는 케이크나 쿠키, 푸딩이나 젤리 같은 과자도 손
수 만들어서 나와 마나미에게 먹였다. 반면, 우리 집에서
는 시중에 파는 과자를 먹는 게 금지였다. 초등학교 고학
년이 되면서 친구들과 종종 어울리다 보니 그런 규칙이 상
당히 느슨해지긴 했어도 패스트푸드 종류는 여전히 금지
였다.

중학생이 된 뒤 하굣길에 친구들을 따라 처음으로 패
스트푸드점에 갔다. 햄버거와 감자튀김 세트에 음료는 셰
이크. 전부 처음 먹어보는 것들이었다. 당시의 충격이 여전

히 생생하게 남아 있다.

맛있다.

아니, 그런 말로는 부족하다.

완전히 끝내주는 맛이다!

목구멍 안에서 뿜어내듯 소리라도 지르고 싶은 심정이었다. 그 정도였다. 물론 엄마도 햄버거와 감자튀김을 직접 만들어줬다. 그것 역시 굉장히 맛있었다. 하지만 패스트푸드점 고유의 맛이란 게 있었다. 게다가 셰이크. 기적 같은 이 음료는 대체 뭘까.

그 뒤로 나는 몰래 패스트푸드점에 드나들었다.

용돈만으로는 부족해서 친구들과 거래도 했다. 그럭저럭 공부를 잘했던 나는 숙제를 해주는 대가로 이것저것 얻어먹었다.

"수학 교과서 좀 보여주라. 데리야키 버거 사줄게."

"오늘 숙제 말이지? 다섯 쪽이나 된다고. 문장형 응용 문제도 골치 아픈데 고작 데리야키 버거로 되겠냐."

"알았어. 치킨너겟도 추가."

"좋아."

초등학생 시절에는 울보였고 할 줄 아는 거라곤 공부 뿐인 허약한 녀석이던 난, 반에서 불량스러운 무리와도 거래했다.

"독서감상문 좀 대신 써줘. 햄버거나 치즈버거면 되지?"

"감상문은 답을 가르쳐 주는 것보다 더 힘들어. 단품으론 곤란해. 세트라면 모를까."

치졸하게 흥정하던 일까지도 떠올랐다. 점점 질 나쁜 아이가 되어 간 셈이다.

엄마에게 들키지는 않았다. 중학생은 식욕이 왕성하니까. 오후 늦게 간식을 먹었더라도 아무렇지 않게 저녁을 먹을 수 있었다. 아무리 그래도 밥 한 공기를 더 먹는 일은 없었지만.

"식욕이 없는 거니?"

엄마에게 이런 말까지 들었다.

그럴 리가요. 정신없이 먹고 있는데.

*

쇠고기덮밥을 포장해서 집으로 돌아왔다.

옆집 창문에서 불빛이 새어 나온다. 사쿠라다 씨의 딸도 집에 돌아온 모양이다. 한 평 남짓의 좁은 부엌에 욕실과 화장실, 세 평 남짓의 방이 두 개. 지은 지 40년은 된 낡은 연립주택이다. 월세가 저렴해서 골랐다. 혼자 살기에는 충분한 크기여도 모녀 둘이 살기에는 너무 좁지 않을까. 수납공간도 어정쩡한 벽장 하나뿐인데 여자끼리여도 숨 막힐 것 같다.

아무래도 유리아 씨는 애정이 과한 엄마처럼 보이던데. 그 딸은 도망가고 싶지 않을까.

*

엄마에게서 벗어나고 싶다.

어른이 되고 싶다. 그래야만 한다.

간절히 그런 생각을 하게 된 건 이시자카와 말을 하게 된 그 시절부터였다.

4

열쇠로 문을 열고 안으로 들어갔다.

어두운 실내에 휴대폰 불빛이 점멸하고 있다. 도시락을
사러 나갈 때 휴대폰을 가져가지 않았다. 그 틈에 착신이
나 문자가 들어온 모양이다.

누굴까.

방의 불을 켜고 낮은 테이블 위에 올려둔 휴대폰을 집
어 화면을 확인한다.

엄마다.

*

내가 휴대폰을 가지게 된 건 중학생 시절부터다.

정확히는 부모님의 허락이 떨어져서 갖게 되었다. 물론 유료 게임은 금지. 친구들끼리 연락할 때도 필요한 경우 최소한으로만 사용한다는 조건이 달렸다. 나는 식욕을 제외한 나머지 부분에서는 부모님에게 고분고분했다. 이따금 게임을 너무 많이 한다고 주의를 받는 것 말고는 규칙을 어기는 일은 없었다.

이시자카는 휴대폰이 없었다.

"필요 없어."

태연한 모습이었다.

"연락할 상대도 없는걸."

"친구들도?"

이시자카는 고개를 끄덕였다.

"부모님은?"

엄마는 내 귀가 시간이 조금이라도 늦어지면 곧장 문자를 보내왔다.

〔어디니? 무슨 일 있어?〕

"귀가 시간이 늦어지면 걱정 안 하셔?"

"걱정?"

이시자카는 코웃음을 쳤다.

"우리 부모님은 내 걱정 같은 건 안 해. 더군다나 내가 가장 말하기 싫은 상대는 부모님이야."

"어째서?"

나는 물었다. 천진난만한 질문이었다고 생각한다.

"우리 부모님은 날 싫어하니까."

그 대답은 내 상상을 초월하는 것이었다.

"싫어하신다고?"

어안이 벙벙해졌다.

"부모가 자식을 싫어하는 경우가 있냐?"

천진난만하기는커녕 무지한 질문을 계속해댔다.

"있지. 우리 부모님뿐만이 아니라고 생각하는데."

이시자카는 덤덤한 투로 대답했다.

"학대당하거나 그런 거야?"

무지하고 무신경한 나의 질문.

"맞거나 발길질 당하는 애들은 있지. 자칫하다가는 죽을 때까지 그런 짓을 당하기도 해. 그런 의미의 학대라면, 없어."

"그렇구나."

나는 조금 안도했다. 무신경하고 무지하고 천진한 나.

"너희 아빠는 퇴근하고 돌아오면 다녀왔다고 인사하

셔?"

오히려 이시자카는 별난 질문을 해왔다.

"그야 그렇지."

철도회사에 다니는 아버지의 귀가 시간은 대중이 없지만, 한밤중에 귀가해서도 속삭이는 듯한 목소리로 "다녀왔다."라고 말씀하신다. 대개는 엄마가 잠을 자지 않고 기다리고 있기 때문이겠지.

당연한 거 아닌가.

"우리 집은 그런 말 안 해."

"안 한다고?"

"다녀오셨어요, 라고 내가 말해도 무시당해."

나는 귀를 의심했다.

당연한 게 아니었나 보다.

"어릴 때부터 계속 그랬어. 하지만 다녀오셨냐고 인사하지 않으면 엄청 혼나. 넌 누구 덕에 밥을 먹으며 살고 있다고 생각하는 거냐, 라면서."

나는 말문이 막혔다. 너무하네.

"오스기, 용돈은 받아?"

"응."

이시자카는 그렇지 않은 걸까.

"우리 집은 말이야, 내역을 적으라고 시켜."

"내역?"

나는 다시 어안이 벙벙해졌다.

"어디에 쓸지 세세하게 보고하라는 거지."

"일일이 어떻게 보고를 하냐."

상상만으로도 눈앞이 캄캄해진다. 나는 용돈기입장조차 쓴 적이 없다.

"아빠가 그랬어. 보고하지 않으면 돈을 줘야 할 의무는 없다고."

"이상해."

무심코 말이 튀어나왔다.

"이상하잖아, 이시자카네 부모님."

"그게 아빠의 방침이래."

이시자카는 희미하게 웃었다.

"여긴 내 집이다. 내 방식에 불만이라면 당장 나가. 아빠가 늘 입에 달고 다니는 말이야."

그래서 아르바이트를 시작했다고 이시자카는 말했다.

"엄마는 아무 말도 안 하셔?"

나는 물었다.

"전혀."

이시자카는 코웃음을 쳤다.

"엄만 아빠와 같은 말을 할 뿐이야. 먹여주는 이상 내가 불만을 말할 처지는 아니래."

"그래도, 아이를 만든 건 부모잖아?"

양육은 당연한 의무인데.

나는 말하고 싶었다. 그러나 말은 목구멍 언저리에서 멈췄다.

당연한 일.

내가 막연히 믿어온 당연한 일.

분명 그것은 이시자카의 부모님에게는 당연한 일이 아니었다.

"그래도 편한 건 있어. 우리 부모님은 내가 학교에 안 가든 성적이 어떻든 귀가가 늦든 전혀 간섭하지 않거든. 열다섯 살이 지나면 부모에게 책임은 없다, 어떤 인생을 선택할지는 네 마음이다. 그게 아빠의 방침이니까."

"열다섯 살이라니."

나는 눈앞이 어질어질했다. 이시자카의 아버지는 지나치게 빨리 책임을 놔버리는 게 아닌가.

"이제 책임질 필요가 없는 거지. 그래서 부모님은 내 걱정 따윈 안 해."

이시카카는 중얼거렸다.

"연락 같은 건 없으니 괜찮아. 휴대폰은 필요 없어. 무슨 말인지 알겠지?"

"……."

도통 모르겠다. 하지만 이해하는 척할 수밖에 없었다.

"나, 집 나오고 싶어."

이시카카가 말했다. 괴로운 듯한 목소리였다.

"집을 나와서 혼자 살고 싶어."

*

휴대폰 화면에 엄마가 보낸 문자가 떠 있었다.

〔냉장 포장해서 택배 보냈는데, 오늘 받았니?〕

엄마는 독립한 내게 이런 식으로 자주 연락해 온다.

나뿐만이 아니다. 아직 본가에 사는 마나미한테는 시도 때도 없이 연락한다. 매일매일 눈에 띄거나 재미있었던 일을 동영상으로 첨부해 보내며 친구들처럼 문자를 주고받는다.

집 안에서도 밖에서도 긴밀히 연결되어 있다.

그게 '당연한 일'이라고 생각해 왔다.

그런데 이시자카를 알게 된 뒤 내가 '당연한 일'이라고
여겼던 세상이 무너졌다.

*

"집 나오고 싶어."

이시자카가 그 말을 다시 꺼냈을 때 나는 말했다.

"이해해."

거짓말은 아니었다.

"세수는 제대로 한 거니? 눈곱은 그대로고 치약도 턱에
묻은 채잖니. 이런, 와이셔츠 칼라가 구겨졌잖아. 손수건
은 챙겼고?"

아침부터 잔소리투성인 엄마에게 짜증이 났다. 날 좀
내버려 둬. 엄마가 성가셨다. 날이 갈수록 그런 생각이 커
져만 갔다.

"이해해."

나 역시 집을 나오고 싶었다. 엄마의 간섭 없이 혼자 살
아가고 싶었다.

"넌 이해 못 해."

이시자카는 웃었다.

"이해한다니까."

나는 정색했다. 그러면서도 내심 찔렸다.

집을 나오고 싶다.

거짓말은 아니다. 그렇다고 진심도 아니었다.

혼자 살아간다고? 나는 아르바이트도 해 본 적이 없었다. 아침에는 엄마가 깨워주고 밥도 차려준다. 학교나 학원에서 돌아오면 저녁이 준비되어 있다. 욕조에는 따뜻한 물이 받아져 있다. 난 그저 더러워진 옷을 빨래 바구니에 던져 넣기만 하면 된다. 와이셔츠도 바지도 양말도 항상 깨끗해져서 옷장 서랍으로 돌아온다.

나 혼자 살아간다고? 그런 건 내게 그저 꿈일 뿐이었다. 이시자카는 그런 내 속을 훤히 꿰뚫어 보고 있었다.

"정말, 진짜로 이해한다니까."

나는 열을 올렸다.

"진지하게 진심으로."

이시자카는 천천히 고개를 저었다.

"애쓰지 않아도 돼. 넌 대학에 가고 싶지?"

"응."

나는 수긍할 수밖에 없었다.

"뭐, 그렇지."

"아빠도 엄마도 널 소중히 여겨주실 테고."

"응."

나는 다시 고개를 끄덕여야 했다.

"아마도."

"이해하지 않아도 돼. 오스기랑 난 다르니까."

이시자카의 말이 내 마음을 깊이 찔렀다.

나는 이시자카가 처한 상황을 바꿀 수 없다.

내게는 아무런 힘이 없다.

그 사실만큼은 알고 있었다.

부모님에게 사랑받으며 자란 나.

이시자카의 상처를 공유할 수조차 없는 나.

"오스기랑 난 다르니까."

이시자카에게 그런 말을 듣자 강하게 내쳐진 듯한 기분
이 들었다.

그저 마음 안쪽이 쓰라렸다.

*

엄마가 보내온 문자.

〔냉장 포장해서 택배로 보냈는데, 오늘 받았니?〕

필요 없다고 말해도 늘 한사코 음식을 보낸 뒤 도착했는지 확인한다. 나는 한숨을 쉬며 화면을 바라봤다.

고맙긴 하다. 그러나 지긋지긋하다.

그런 자신에게 죄책감을 느낀다. 이런 상황이 언제까지고 반복된다.

나는 포장해 온 쇠고기덮밥의 용기를 열고 천천히 먹기 시작했다. 맛있다. 고기와 지방에 밴 짭조름한 단맛. 친숙한 맛이다.

맛있어. 입안을 가득 채우는 육즙. 최고다. 푹 익은 양파와 채소도 먹는다. 오늘 저녁은 건강식이다. 엄마도 잔소리는 못 할 테지.

그러나 점점 마음이 무거워진다.

왜 나는 엄마의 보살핌을 불편해하는 걸까. 어째서 순수하게 받아들이지 못하는 거지. 난 무엇에 반항하고 있는 걸까?

답을 알 것 같다.

고등학교 2학년 무렵 이시자카를 알게 된 이후부터다.

그때부터 쭉 나는 엄마의 보살핌에서 도망칠 궁리를 해 왔다.

*

3학년이 되었을 때 반 배정표 안에 이시자카 마리에의 이름은 없었다.

"이시자카 있지, 자퇴한 모양이더라."

새 학기 첫날, 같은 반 누군가가 말했다. 그것을 끝으로 학교 안에서 이시자카의 이름이 언급되는 일은 없었다.

이시자카가 학교를 그만뒀다.

나는 적잖이, 아니 굉장히 상처받았다.

그만둘 거면 적어도 내겐 미리 한마디쯤 해줬으면 좋았을 텐데.

친구가 없다고 이시자카는 말하곤 했지만, 난.

"오스기랑 난 다르니까."

난.

나는 대체 뭐였지.

이시자카에게 난 어떤 존재였을까.

나와 자주 대화를 나누게 되면서 이시자카가 등교하는 날이 아주 조금 늘었다.

뻐기려는 게 아니다.

"아침에 일어나면 오늘도 아르바이트가 잔뜩 들어 있어서 피곤하다는 생각뿐이야. 그래도 오스기랑 이야기를 나누고 싶어서 와봤어."

이시자카에게서 그런 말을 들은 적도 있었다.

"신노스케, 너 이시자카랑 친하냐?"

반 친구들로부터는 놀림조로 추궁을 당한 적도 많았다.

"딱히 사이가 좋은 건 아닌데. 가끔 말을 섞는 정도지."

모호한 대답으로 얼버무리면서도 기분은 나쁘지 않았다.

이시자카가 학교에 있는 날에는 누구보다도 그 아이와 이야기하고 싶었다. 어떤 내용이든 상관없었다. 체육 시간에 축구를 하다가 요란하게 넘어진 일이든 좋아하는 건축에 관한 일이든 코미디언의 콩트에 나온 개그 이야기든, 이시자카는 생글거리며 들어주었고 소리 내어 웃어주기도 했다.

친하게 지내는 세키구치가 쉬는 시간에 말을 걸어오는 바람에 이시자카의 자리에 가지 못한 날은 굉장히 짜증이 났다.

"신노스케, 아까 체육 시간에 어지간히도 요란하게 구르더라?"

"으음."

나는 입을 꾹 다물었다. 별 상관없잖아. 내버려 둬.

"너 건축 좋아한다며? 우리 아빠도 그쪽 계통의 두꺼운 책을 가지고 있던데."

"으음."

지금은 아무래도 좋다. 그 이야기는 다음에 해주라. 오늘은 이시자카가 온 날이란 말이다. 앞에서 세 번째 창가 자리에 이시자카가 혼자 덩그러니 앉아 있다고.

분명 나랑 이야기하고 싶을 텐데. 그렇게 생각하고 있겠지.

"신노스케, 어제 텔레비전에서 한 꽁트 말인데."

"으응, 그래."

진짜 아무래도 좋으니까 날 이시자카의 자리에 가게 해주라. 이시자카가 날 기다리고 있다고.

"야, 너무 건성으로 대답하는 거 아니냐?"

물론 그런 나의 성의 없는 태도가 고스란히 전해졌는지 세키구치가 미심쩍은 기색을 내비쳤다.

"기분 안 좋냐?"

나는 또다시 뚱하게 대꾸했다.

"별로 그런 거 없는데."

"나 때문이야?"

딩동댕동. 타임 오버. 쉬는 시간은 끝나버렸다.

"하아."

나는 굵직한 한숨을 내쉬며 하늘을 바라봤다.

"내가 뭐 잘못했냐?"

세키구치는 소심한 친구였다. 당황해하고 있었다.

"내 탓이야? 내가 너한테 뭔가 잘못한 거냐고."

"딱히 아무것도 안 했는데."

벌레를 씹은 듯한 얼굴로 말을 내뱉고는 내 자리로 돌아왔다. 이시자카의 등을 바라본다.

결국 이야기를 나누지 못했다.

아무 짓도 안 했어, 세키구치. 네 탓은 맞지만.

뻐기려는 게 아니다.

그렇게 생각하고 있었다.

"오스기랑 난 다르니까."

물론 다르다. 알고 있다.

그래도 난 이시자카와 가까워지고 싶었다.

그래서였다.

내가 처한 '당연한' 상황에서 벗어날 수 있게 되길 바랐다.

엄마가 내미는 '당연한' 손길을 귀찮다고 생각하게 된 것이다.

*

보통 나는 엄마가 보낸 문자에 곧장 답장하지 않는다.

얼마간 내버려 둔다. 그러다 느지막이 답장을 보낸다.

〔택배는 아직 안 받았어.〕

〔어쩌다가?〕

〔퇴근이 늦어서.〕

〔빨리 받으렴.〕

이런 식으로 찔끔찔끔 주고받는 대화를 최소한으로 매듭짓고 싶어서다.

〔택배는 아직 못 받았어. 내일 받으려고. 이제 자야겠다. 안녕히 주무세요.〕

그러고는 일방적으로 문자를 끝내버리곤 했다. 하지만 오늘 난 쇠고기덮밥을 다 먹자마자 바로 답장을 보냈다.

〔퇴근이 늦어서 못 받았어. 내일 받도록 할게.〕

이유가 뭘까?

낮은 테이블 위에 놓인 빈 쇠고기덮밥 용기, 그 옆에 카드 한 장.

도시락 가게에서 받은, 때 지난 어머니날 카드.

설마 이 카드 때문에 내 기분이 바뀐 건가. 그럴 리는 없겠지만.

*

이시자카를 만나지 못하게 된 지 1년 가까이 시간이 흘렀을 무렵이다.

고등학교 졸업을 코앞에 두고 있었다.

세키구치가 집에 왔다가 현관 앞에 서서 이야기를 나눈 뒤 돌아갔다. 졸업 기념 사은회가 끝나고 나서 뒤풀이는 어떻게 할지에 관한, 그다지 중요하지도 않은 이야기였다.

그 뒤 엄마가 내게 이런 말을 했다.

"그러고 보니 한참 전에 널 만나러 온 반 친구가 있었는
데."

"누구?"

"이름은 잊어버렸네. 여자애였어."

"여자애?"

심장이 고동쳤다. 일부러 집에 올 만큼 친하게 이야기
하던 여자애라면 짐작 가는 사람은 딱 한 명뿐이다.

이시자카.

"지금처럼 추울 때였지. 그 아이, 하얀색 코트를 입고
있었으니까."

심장 박동이 점점 빨라졌다.

틀림없다. 겨울철에 이시자카가 걸쳤던 건 하얀색 더플
코트였다.

"넌 학원에 가서 집에 없었단다. 그렇게 전했더니 알겠
다면서 곧장 돌아가 버리더구나. 혹시나 시간이 되면 집에
들어와서 기다리라고 말도 했는데."

"어째서?"

내 목소리는 살짝 떨리고 있었다.

"어째서 지금까지 말하지 않은 거야?"

"깜빡 잊어버렸지 뭐니."

가슴이 술렁술렁 물결쳤다.

잊어버렸다고?

"좀 전에 세키구치가 코트를 입고선 꽤 추워하며 현관 문을 열고 나갔잖니. 그 모습을 보는데 번뜩 생각이 나네. 그 여자애도 똑같이 어깨를 움츠리면서 나갔거든."

엄마는 내 심정이 어떤지 눈치채지 못한 채 태평스레 이야기를 이어갔다.

"잊어버렸다니, 어떻게 그럴 수가 있어."

내 목소리가 낮아졌다.

"미안하구나."

엄마는 그리 미안해하는 표정이 아니었다.

"그만 깜빡해 버렸네."

그럴 만도 하다. 좀 전에 세키구치는 전화나 문자로도 충분한, 한두 마디면 끝날 법한 용건을 일부러 여기까지 와서 줄줄 이야기하고 있었다. 우리들의 용건이란 게 기껏 해야 그 정도다. 엄마가 깜빡 잊어버릴 만하다.

그저 단 한 명, 정말로 중요한 말을 전하기 위해 찾아와 준 녀석이 있었다는 사실을 엄마는 모른다. 알 도리가 없 었다. 그뿐이다.

"그 아이, 너랑 같은 반이라고 했으니까 어차피 학교에서 만나잖니? 그때 물어보면 되겠네."

학교에는 좀처럼 오지 않는 반 친구가 한 명 있었어.

"전화로라도 이야기할 수 있잖아?"

딱 한 사람, 휴대폰이 없는 반 친구가 있었다고.

이해는 한다. 엄마는 몰랐을 뿐이다. 그러니 어쩔 수 없다.

"웃기지 마."

알고는 있었다. 그런데도 나는 소리를 질렀다.

"까맣게 잊어버렸다고? 웃기지 말라 그래."

"신노스케?"

엄마는 깜짝 놀란 눈치였다. 내가 그런 식으로 말을 한 적은 처음이었기 때문이다.

"절대 용서 안 해."

나는 내 방으로 뛰어 들어가 힘껏 방문을 닫아버렸다.

이시자카는 학교를 그만둔다고 내게 말하려고 와줬던 게 아닐까. 틀림없이 그랬겠지.

난 그 사실을 1년이 다 되도록 모른 채 지냈다.

엄마.

절대 용서하지 않을 테니까.

*

엄마의 답장은 곧장 왔다.

〔채소를 별로 안 좋아하는 건 알지만 가능하면 챙겨 먹으렴. 군것질이나 외식만 해서는 아무래도 영양이 부족해지잖니.〕

나도 답장을 보냈다.

〔전에 보내준 반찬도 아직 냉장고에 그대로야.〕

솔직하게 썼다.

〔아마 벌써 썩기 시작했을걸.〕

〔그럴 테지. 알고 있었네요.〕

엄마의 답장.

〔늘 밖에서 사다 먹기만 하지?〕

응.

나는 빈 쇠고기덮밥 용기를 바라보며 고개를 끄덕였다.

〔넌 외식을 좋아하니까.〕

응. 나는 깊이 수긍했다. 엄청 좋아해.

〔중학생 때도 엄마 몰래 햄버거 가게에 다닐 정도였으니.〕

나는 놀랐다.

엄마, 알고 있었구나.

〔들통났었네?〕

〔빤히 보였지. 그때 너 제법 뚱뚱했잖니.〕

그러고 보니 중학교 시절의 나는 비교적 포동포동했다.

〔게다가 네가 친구들이랑 같이 패스트푸드점에 틀어박혀 있는
걸 마나미가 봤다고 알려줬단다.〕

그 녀석 짓이었군. 나는 혀를 찼다. 비열한 밀고자 같으
니. 다음에 만나면 가만 안 둬.

〔범행 현장의 동영상도 보내줬다니까.〕

마나미 녀석, 탐정 놀이라도 한 거냐.

〔들켜버렸네요.〕

나는 같은 말을 반복할 뿐이었다.

〔전부 알고 있었네요.〕

엄마도 거듭 되풀이했다.

아, 엄마.

역시나 당신은 나에 관해서라면 늘 무엇이든 알고 있었
군요.

도시락 가게에서 받은, 때 지난 어머니날 카드.

알고 있다.

이시자카의 일은 엄마 탓이 아니다.

*

고등학교 3학년 시절의 봄.

이시자카가 자퇴했다는 사실을 알게 되자 나는 그 애의 집까지 찾아갔다.

이시자카는 변두리에 흐르는 운하를 따라 세워진 아파트 7층에 부모님과 함께 살고 있다고 말했다. 나는 몇 호인지까지 알고 있었다. 708호. 하지만 직접 708호에 찾아가지는 않았다.

이시자카의 부모님이 딸을 어떻게 대하는지 알고 있었으니까. 그만큼의 용기는 없었다.

나는 아파트 밖에 있는 입구의 계단 아래에서 기다렸다. 이시자카는 아르바이트를 하러 갔을지도 모른다. 밤이나 돼야 돌아오겠지. 저녁 무렵부터 10시 반까지 기다렸다. 일주일 동안 나는 이시자카를 기다렸다. 그 시간 동안 학원은 땡땡이쳤다.

매일 누군가를 기다리며 서성대는 수상한 고등학생.

아파트 주민은 어쩐지 섬뜩하다고 느꼈을 것이다.

이시자카와는 만나지 못했다. 마지막으로 기다린 날은 일요일. 밤 11시가 지나도록 기다렸지만 만나지 못한 채 그걸로 끝이었다.

학교를 그만두자마자 이시자카는 부모님과 살던 아파트에서 나와버렸을지도 모른다는 생각도 한다. 그 아이는 아르바이트를 해서 번 돈으로 독립자금을 모으고 있었다. 그 돈을 다 모으고 나서야 학교를 그만둔 건지도 모른다.

포기하는 수밖에 없었다.

고작 일주일 만에 단념하게 된 이유의 절반쯤은 이시자카가 아무런 말도 없이 사라져버린 데 있었다.

이시자카에게 난 어떤 존재였을까.

아무것도 아니었겠지. 그래서 내게는 무엇 하나 털어놓지 않았다. 내가 집 앞에서 기다리는 건 이시자카 입장에서는 무례한 스토커 행위에 지나지 않는다. 단념하는 수밖에 도리가 없었다.

만약 당시 이시자카가 집까지 나를 만나러 왔다는 사실을 알았더라면 포기하는 일은 없었을 것이다. 뻐기려는 게 아니다. 이시자카에게는 내가 필요했다. 그렇게 믿었다. 한 달이든 두 달이든 잠복을 이어갔을 것이다. 당연히 학원에도 가지 않고 공부는 뒷전으로 하다가 대학 수험에 실패했을 가능성도 있다. 아마도 그렇게 됐겠지.

만약 그때 엄마에게 이시자카가 왔었다는 말을 듣고 곧장 그 애를 만났다면 어떻게 됐을까?

지금 이래봤자 돌이킬 수 없는 가정일 뿐이다. 고민한다 한들 의미 없는 짓이다.

알고 있으면서도 나는 계속 곱씹었다.

나도 참 질척거리는 성격이란 생각이 든다.

엄마 탓이 아니다.

알고 있다.

*

〔외식할 때도 고기만 먹으면 못 써. 채소도 먹어야지.〕

어머니의 잔소리가 시작됐다.

〔먹고 있어.〕

닭튀김 도시락에는 감자샐러드가 딸려 있고 쇠고기덮밥에도 양파가 들어 있으니까.

〔정말이니? 녹색 채소를 먹어야 해.〕

감자샐러드에는 오이도 들어 있다고.

〔외식만 해서는 아무래도 골고루 먹기가 힘들잖니. 그래서 나물 반찬을 보냈단다.〕

네, 네. 알겠다니까요.

낮은 테이블 위에 놓여 있는 때 지난 어머니날 카드.

*

절대 용서 안 해.

그날 엄마에게 터트려버린 감정을 나는 마음에 떠안은 채 살아가고 있었다.

악을 쓰면서 진짜 용서할 수 없었던 건 어머니가 아니라 나 자신이었다. 이시자카에게 다가가지도 못한 채 도움도 주지 못했던 무력한 나.

엄마 곁을 떠날 거야.

독립해서, 어른이 되기만 하면 이시자카에게 힘이 되어줄 거야.

난 그렇게 믿었다. 믿고 싶었다. 도저히 단념하기 힘들었던 나의 과거.

그랬다.

마음 깊은 곳에서는 이미 알고 있었다. 그랬으면서 모른 척해 왔다.

엄마 탓이 아니다. 나 자신의 문제다.

인정하자.

여전히 나는 응석받이일 뿐인 한심한 어린애였다.

인정한다. 그래야만 진정으로 성장할 수 있을 것 같은 기분이 든다.

*

어머니날은 이미 지나버렸다.

그렇다고 가만히 있을 수는 없다. 돌아오는 휴일에는 엄마에게 꽃이라도 보내드리자.

〔이게 다 뭐니?〕

엄마는 곧장 문자를 보내오겠지.

〔어머니날이잖아.〕

기가 막혀 할 터이다.

〔한참 지났는데.〕

〔늦어서 미안. 앞으로는 나물도 잘 챙겨 먹을게.〕

약속해야지. 정말로 가능하면 먹으려고 노력하자. 그러면 엄마는 기뻐해 주지 않을까.

〔늘 고마워. 항상 감사하게 생각하고 있어요.〕

카드에 인쇄될 법한 그런 말로밖에는 내 마음을 전달할 자신이 없다.

그러면 엄마는 이렇게 말하겠지.

언제나 그랬던 것처럼.

〔이미 다 알고 있었단다.〕

제 3 장

김 도시락 소녀

내 인생. 나의 행복.

손에 넣으려면 어떻게 해야 할까. 구체적인 방법은 모른다.

그런 상태에서 시작돼버린 나의 인생.

1

한밤중.

창밖에서 들려오는 울음소리. 갸아아아아아아.

눈이 떠지지 않는다. 잠이 쏟아진다. 절반쯤 잠든 머리로 생각한다. 뭐야, 누구 목소리지? 아기가 칭얼대는 소리 같다. 이런 시간에, 밖에 아기라고?

무섭다. 무슨 일이 생긴 걸까.

으갸아아아아아아아. 다시 계속해서 울음소리가 들려왔다.

이제 알겠다. 고양이다. 골목 어딘가에서 고양이가 싸움을 하나 보다.

갸아아아아아. 갸아아아아아.

그 목소리에 반응해서 이 집 저 집의 개들도 짖기 시작했다.

갸아아아아아. 오우우, 오우우. 갸아아아아아아. 멍멍
멍멍멍멍멍.

상당히 떠들썩한 밤이다. 나는 눈을 뜰 생각조차 하지
않는다. 그대로 잠의 나락으로 떨어진다.

폭신폭신한 고양이를 품에 안고 있었다.

동이 틀 무렵 그런 꿈을 꿨다.

고양이 울음소리를 들은 탓이겠지. 내게 이 꿈은 악몽이
다. 행복한 기분이었다가 눈을 뜨는 순간 괴로워지는 악몽.

되돌릴 수 없는 후회만이 쓰라림으로 남는 악몽이다.

내 이름은 사쿠라다 유리, 열여섯 살이다. 올봄에 고등
학교 2학년이 되었다.

하지만 진급하고 새 학기가 시작된 뒤 학교에는 거의
가지 않는다.

*

아침.

7시 반에 울리는 자명종 알람 소리에 일어났다.

"으음."

옆에 깔린 이불에서 유리아가 자고 있다. 알람 소리 때문인지 낮은 소리로 신음한다.

이런, 안 돼. 깨우지 않도록 조심해야 한다.

나는 급히 알람을 끄고 이불에서 몰래 기어 나왔다.

*

나와 유리아가 사는 연립주택은 방이 두 개뿐이다. 안방에는 늘 이불이 깔려 있다.

어수선하다고? 맞는 말이다.

그래도 일주일에 한 번은 이불을 볕에 말리고 커버도 부지런히 세탁해서 갈아준다. 어수선할지언정 불결하지는 않다. 적어도 내가 초등학교 고학년이 되어 청소와 빨래를 담당하게 된 뒤로는 그렇게 하고 있다. 유리아는 청소도 빨래도 싫어하지만 난 다르다. 상당히 깨끗한 걸 좋아한다.

유리아는 나의 엄마다.

엄마나 어머니로 불리는 게 싫단다. 그래서 나는 어릴 적부터 엄마를 이름으로 부른다.

유리아는 자기 이름을 좋아한다. 사쿠라다 유리아. 농담 같지만 진짜 본명이다.

"성에도 이름에도 꽃˙이 들어가 있잖아. 근사하지?"

유리아는 자랑스럽다는 듯 말한다.

"게다가 벚꽃과 백합이라니, 화려하잖아?"

나는 순순히 장단을 맞춰준다.

"맞아, 화려해."

"장미나 호접란한테는 명함도 못 내밀겠지만 말이야."

"그런 건 개그맨 예명 같잖아."

사쿠라다 유리아라는 이름도 상당히 수상쩍은 느낌인데 장미와 호접란을 뜻하는 한자가 이름에 들어갔다면 도저히 못 봐줄 것 같다. 농담도 도가 지나쳐서 안 먹힐 것이다.

"난 꽃도 벚꽃이 제일 좋더라. 백합도 좋고."

휴일인 주말이면 유리아는 대개 이불이 깔린 안방에 늘어져서 잠만 잔다. 배가 고프면 내게 편의점에서 밥과 디저트를 사 오라고 시킨 뒤 이불 위에서 먹고 다시 잔다.

"피곤해 죽겠는걸. 못 움직이겠어."

핑계를 늘어놓으면서 꼼짝도 하지 않는다. 그렇게 늘

• 　일본어로 '사쿠라'는 벚꽃을, '유리'는 백합을 뜻함.

피로에 찌든 유리아도 벚꽃 피는 계절이면 꼭 주말마다 나를 데리고 근처 공원이나 강가로 꽃구경을 하러 나간다. 어지간히 벚꽃을 좋아하는 모양이라고 나는 생각한다.

"아직 반밖에 안 폈네."

강가에 늘어선 벚나무 아래에서 유리아는 투덜거렸다.

"요즘은 따뜻하니까 주 중반쯤에나 만개하겠네."

"한창 예쁠 때 못 보겠다. 다음 주에는 아마 잎이 돋아 날 텐데."

매년 함께하다 보니 나도 벚꽃을 좋아하게 되었다. 하지만 잎이 돋아난 벚나무는 별로다. 잎이 돋기 시작하고 꽃 사이에 초록이 섞이면 벚꽃은 지저분해 보인다. 그 순간부터 가치가 떨어져버린 기분이 든다.

"잎이 난 벚꽃도 좋잖아."

유리아는 말한다.

"글쎄."

"운치가 있잖니."

"그런가."

"나도 젊었을 땐 잎이 난 벚꽃을 싫어했어. 나이를 먹어야만 잎이 난 벚꽃의 진가를 알 수 있는 법이지."

그런 말을 들으면 나는 물러날 수밖에 없다.

"그렇구나."

"꽃이 떨어진 뒤 여름엔 잎이 무성하잖아. 가을이 되면 잎이 지지. 겨울엔 벌거숭이 나무고. 어느 계절이든 보기 좋아."

"하지만 봄에는 다들 보러 와도 여름이나 가을, 겨울에는 벚꽃에 신경 쓰는 사람이 없잖아."

"전성기는 짧은 법이야. 하지만 주인공이던 시절은 분명 있었지. 사람들의 관심에서 멀어져도 나무로서의 표정은 사계절마다 다양하잖아. 알아봐 주는 사람만 있으면 그걸로 충분해."

그렇구나.

"다시 봄이 되면 되살아나서 주인공 자리를 꿰찰 테니까."

그래, 맞는 말이야.

"벚꽃은 정말 근사해."

유리아는 넋을 잃은 채 말을 이었다.

"성을 바꾸기 싫어서 네 아빠와는 결혼 안 한 거야."

그건 거짓말이리라 생각하면서도 입 밖으로 꺼내지는 않는다.

"그렇구나."

그러고는 내버려 둔다. 유리아가 내 아버지와 결혼하지 않은 채 나를 낳은 건 엄연한 사실이다. 그 후 아버지는 나와 유리아의 인생에서 모습을 감췄다. 말하자면 역사 속 인물이 되어버린 셈이다. 유리아의 말을 뒷받침할 증거는 전혀 없지만, 다시 반론할 수도 없다. 결국 무슨 말을 한들 쓸모없는 짓이다.

실컷 벚꽃을 찬양한 뒤 유리아는 한마디 덧붙이는 걸 잊지 않는다.

"백합도 좋아하지만 말이야."

네, 그렇겠죠.

유리아는 자기 이름을 너무 좋아해서 내 이름마저 유리라고 지었다.

"유리."

"왜?"

"유리."

"왜 부르는데."

"정말 좋은 이름이야, 유리."

진심으로 기쁜 듯이 말하고 있다. 용건도 없으면서 부르지 말라고 쏘아붙이고 싶지만 그래봤자 아무 소용없다.

"좋아하는 것은 좋은 거야."

그럴듯하면서도 영문을 알 수 없는 논리로 유리아는 또다시 무턱대고 내 이름을 부르겠지.

결국 자기 자신이 좋아서 스스로를 긍정하며 살아가고 있다. 그런 사람이다. 유리아는 딸이라는 존재보다 자기 분신이 필요해서 본인의 이름을 내게 나눠준 건지도 모른다.

"그럴 리가 없잖아. 유리는 딸이야. 나랑은 별개의 인간이지. 당연한 거 아니니?"

내 생각을 말했더니 유리아는 그렇게 웃어넘겼지만.

"하지만 내 이름, 본인 이름에서 따온 거 맞잖아. 자기애의 연장인 거지."

"그건 부정 안 해."

그 부분에 있어서 유리아는 솔직했다.

"난 내가 좋아."

"그러니까."

"하지만 유리는 자기애의 연장이나 결과도 아냐. 같은 나무에서 피었다고 해도 작년의 벚꽃과 올해의 벚꽃은 별개잖아. 넌 네 인생을 살면서 본인의 행복을 손에 넣어야만 해."

뭐, 그렇겠지. 알고는 있다.

내 인생. 나의 행복. 손에 넣으려면 어떻게 해야 할까.

구체적인 방법은 모른다. 그런 상태에서 시작돼버린 나의 인생.

학교에도 가지 않는다. 친구도 없다. 미래의 계획은 전혀 없다. 우선 오늘 하루를 살아갈 뿐이다.

아무런 계획도 없는 백지상태, 하얀 여백만이 펼쳐진 내 인생.

유리아는 밤에 번화가에 있는 이른바 '술집'에서 일하고 있지만, 가게에서도 가명은 사용하지 않고 본명으로 통한다. 근무시간은 밤 8시부터 새벽 2시. 전철을 타고 출근했다가 택시로 귀가한다.

"손님이 태워줬어."

종종 그런 경우도 있다.

"가게에서 집까지 심야 요금이라고 해봤자 삼천 엔쯤 나오려나. 내가 감당할 수 있어. 그 정도 능력은 되니까. 하하하하."

하지만 대개는 이렇게 말하며 호쾌하게 웃어넘겼다.

"기무라 씨도 먹고살게 해줘야 하잖아."

기무라 씨라는 사람은 유리아가 단골로 삼고 있는 개인택시 운전기사다. 자비로 돌아올 때는 늘 기무라 씨를 부르는 모양이다.

얼마 전까지는 그게 당연한 일이었다.

하지만 최근에는 밤새 영업하는 패밀리레스토랑이나 찻집에서 시간을 때우다 첫차를 타고 돌아오는 일이 늘었다.

"요즘은 불경기니까."

유리아는 그렇게 우는소리를 한다.

"기무라 씨를 못 본 지도 꽤 됐네. 미안해 죽겠다니까. 이게 다 불경기 탓이야. 정치 탓이라고."

응, 그럴지도.

하지만 정치라든가 경제라든가, 그러한 사회 전반의 문제는 아닌 것 같다는 생각도 든다. 스스로 성장해 나가면서 해가 지날수록 깨달아간다.

예전에 비해 유리아의 벌이가 시원찮아졌다.

꽃이 만발하던 시기는 지나고 잎이 돋아나는 벚나무가 되어버렸다. 세상사란 그런 법이다.

*

어쨌든 집안의 가장인 유리아는 아침에 귀가하느라 고생이 많다. 그러니 푹 쉬어야 한다.

안방을 빠져나와 미닫이문을 닫았다.

테이블 위에는 물림쇠가 달린 동전 지갑이 놓여 있다. 하얀 고양이 그림이 그려진 인조 가죽의 핑크색 동전 지갑. 안에는 딱 이천 엔이 들어 있다. 그것이 오늘 하루 나의 생활비다.

유리아는 아침부터 낮까지 잠을 잔다. 그리고 저녁에 출근한다. 나는 나, 유리아는 유리아대로 각자 알아서 끼니를 챙겨 먹는다.

아침도 점심도 저녁도 따로따로.

예전부터 쭉 그렇게 살아가고 있다.

세면대에서 세수한 뒤 이를 닦았다. 잠옷으로 입는 트레이닝복 위에 얇은 다운 패딩을 걸치고 밖으로 나왔다. 5월이라고는 해도 여전히 아침 바람은 차갑다.

목적지는 도시락 가게다. 연립주택을 나와 골목에서 큰길로 나가면 오른쪽으로 돌았다가 바로 좌회전한다.

거기에서 나는 걸음을 멈췄다.

언덕길 아래에 있는 자그마한 도시락 가게. 그 앞에 고양이가 앉아 있었다. 갈색과 흰색이 섞인 커다란 고양이다.

싫은데. 어쩌지.

고민하는 사이에 고양이가 쓱 일어서더니 도시락 가게와 그 옆의 빌딩 사이로 들어가 버렸다. 안도의 한숨을 내쉬며 다시 걸음을 내디딘다.

나는 고양이가 껄끄럽다.

싫어하냐고? 전혀 아니다.

그렇진 않은데 고양이와는 엮이기 싫다. 엮여서는 안 된다. 그렇게 결심했다.

2

.

5월의 하늘은 약간 흐렸다.

도시락 가게에는 오늘도 아저씨의 모습이 보이지 않는다. 여자뿐이다.

*

도시락 가게.

가게 이름이 뭐였더라. 기억나지 않는다.

나는 늘 그 가게에서 아침 겸 점심을 산다. 때로는 다른 도시락을 고를 때도 있지만 대개는 김 도시락을 산다.

흰 살 생선튀김 한 조각과 치쿠와 튀김*이 하나. 한 입 분량의 우엉 볶음과 달걀 프라이. 거기다 어째선지 닭튀김도 하나 들어 있다. 반찬 아래에는 김이 깔려 있고 그 밑에 간장과 가다랑어포로 간을 한 밥이 꽉 채워져 있다. 이렇게 해서 삼백 엔이다. 한 그릇 먹으면 저녁까지 속이 든든하다. 완전 이득이다. 더군다나 이 가게에서 파는 도시락은 굉장히 맛있다.

유리아는 요리를 하지 않는다. 사 온 빵을 봉지에서 꺼내 토스터에 굽는다든가 밑반찬을 전자레인지에 데우는 정도는 하지만, 무 하나를 통째로 썰어서 살만 바른 방어를 넣고 조린다든가 밀가루에 버터를 넣고 가열해서 화이트소스를 만드는 등의 요리는 전혀 하지 않는다. 그래서 난 '엄마의 맛'을 모른다.

이 도시락 가게의 맛이야말로 내게는 '엄마의 맛'이나 마찬가지다. 꽤 오래전 초등학생 시절부터 이 가게에서 도시락을 사 먹었으니까.

그 이전에는 뭘 먹고 살았는지 잊어버렸다. 그만큼 나는 이 가게의 맛에 익숙해졌다. 그리고 단골인 주제에 아

---

*   대롱 모양의 속이 빈 어묵을 튀긴 것.

직 가게 이름도 모른다.

"근데 참 별난 도시락 가게야. 처마 끝에 달린 차양이나 내부 인테리어가 꼭 케이크 가게 같아."

그런 분위기인데 쇼케이스 너머에는 네모난 얼굴에 날카로운 눈매를 한 우악스러운 아저씨가 있다.

"그 가게, 옛날에는 전통 과자점이었어."

유리아가 말했다.

"이 집에 살기 시작할 무렵이었나. 유리가 아직 두 살쯤인가 됐을 때 딱 한 번 쑥떡이랑 찹쌀떡을 산 적이 있어."

"맛있었어?"

"글쎄. 팥소가 너무 짰어."

"그랬구나. 아쉽네."

팥소가 짜면 먹고 싶지 않으니까.

"그 이후에 살인사건이 벌어졌지."

"살인?"

나는 놀랐다.

"전통 과자점에서?"

"전통 과자를 만드는 건 사람이니까."

유리아는 짐짓 심각한 투로 들려주었다.

"질척질척한 남녀관계가 얽힌, 상당히 처참한 사건이었

어. 텔레비전 뉴스에서도 다뤘고 주간지 기사에서도 꽤나 시끄럽게 떠들어댔지, 아마."

"전통 과자점에서 말이지?"

나는 되물었다. 동네에 자리한 전통 과자점은 대개 차분한 분위기이고 가게 안은 조용하다. 점원도 유니폼 같은 수수한 차림을 해서 단정하다. 예외야 있을 수 있지만 대체로 그런 인상이다. 살인사건이 일어날 무대라고 하기엔 너무 의외다.

"가게에서 일하던 사람이었어? 어떤 사람들이었는데?"

"잘 기억은 안 나는데 젊은 사람은 아니었어. 할아버지랑 할머니였던 것 같아."

"할아버지랑 할머니?"

나는 점점 혼란스러워졌다. 머나먼 옛날, 할아버지와 할머니가 살았습니다. 마치 옛날이야기 같잖아. 그게 어쩌다 살인사건이 되었을까. 하긴, 《가치가치산かちかち山》이라든가 《우리코히메와 도깨비瓜子姫とあまのじゃく》*처럼 확실히 살인과 관련된 옛날이야기도 있으니까. 아무리 그래도 그렇지.

"할아버지랑 할머니가 질척질척한 남녀관계?"

● 　두 작품 모두 일본에 전해지는 설화.

유리아는 흐응, 하고 콧방귀를 뀌었다.

"그런 건 너네는 모르는 어른들의 세계야."

"그렇구나."

나는 이 상황에서도 수긍할 수밖에 없었다. 모르겠네, 너무 어른들 이야기라서.

"그 팥소의 맛도 사건의 원인이었을지 몰라. 너무 짰거든."

그럴 리가 없잖아.

"지금 주인 말이야. 그 사건과 관계있을까."

"그럴걸. 그 아저씨, 사람 서넛은 해치웠을 것 같은 면상이잖아."

아침부터 저녁까지 잠만 자는 유리아는 도시락 가게를 이용한 적도 거의 없는 주제에 무책임한 말을 지껄여댔다.

"할아버지랑 할머니랑 그 아저씨가 삼각관계였는데 티격태격하다가 사건이 벌어졌다고 한들 놀랄 일도 아니지."

"잠깐만. 그게 사실이라면 충격인데."

"그 아저씨가 범인이었는데 갱생해서 도시락 가게를 차렸대도 이상하지 않잖아."

"이상해. 살인을 저질렀다면 적어도 10년쯤은 교도소에서 썩었을 거 아냐. 내가 두 살 무렵에 쑥떡이랑 찹쌀떡을 샀다면서. 그럼 그 도시락 가게, 전통 과자점이 있던 시절에서 몇 년도 안 지나서 개점했단 소리잖아."

맞다, 내가 초등학생이었을 때 그곳은 이미 도시락 가게였다.

"모범수여서 빨리 출소했을지도 모르지."

유리아는 끝까지 제멋대로였다.

"무거운 죄를 짊어진 채 날마다 묵묵히 도시락을 만들고 있는 아저씨라니. 영화 같잖아?"

멋대로 영화로 만든 건 당신이잖아. 그런 생각을 하면서 나는 화제를 돌렸다.

"어쨌든 저 가게, 원래 전통 과자점이었을 것 같진 않아."

연노란색 차양이나 새하얀 내부 인테리어, 유리로 된 쇼케이스는 아무리 봐도 케이크 가게다.

"그야, 내부 공사를 한 거지. 현장이 피투성이었으니까. 리모델링을 안 하면 쓸 수 없잖아."

그럴지도 모르지. 하지만 케이크 가게 같은걸.

"케이크 가게였던 시절이 있었을까."

"기억 안 나. 개점하자마자 망해버린 거 아냐? 크림이 너무 짰다든가."

음식에 품은 앙심이라니, 유리아도 어지간히 집요했다.

*

도시락 가게는 최근 들어 조금 변해버렸다.

가게 주인이 모습을 감추었다. 아저씨 대신 웬 여자가 구석의 조리실에서 쇼케이스 뒤편으로 나왔다.

"어서 오세요."

여자 점원이 나를 맞았다.

"김 도시락 하나 주세요."

늘 고르던 대로 주문했다.

*

"저기요."

아저씨가 가게에 나오지 않은 지 일주일이 지났을 무렵 나는 물어보았다.

"늘 계시던 사장님은 어떻게 되신 거예요?"

"병으로 입원했어요."

여자 점원은 미간에 선명한 주름을 지으며 대답했다.

"병이요?"

"네, 병에 걸렸어요."

점원은 눈을 내리깔았다. 미간의 주름은 한층 깊어져 있었다. 어떤 병인지, 회복하려면 멀었는지 자세한 내용을 캐물으면 안 될 것 같은 느낌.

심각한 병인가.

아저씨라고는 해도 이미 지긋한 할아버지였다. 나을 수 있는 건가. 회복되면 다시 돌아오실 수 있을까. 그대로 영영 세상을 떠나시는 건 아니겠지.

이런저런 걱정이 들었다.

호감을 줄 만한 인상이라기보다 눈매가 날카로운, 유리아의 말대로 '사람 서넛은 해치웠을 것 같은 면상'의 아저씨. 하지만 사실 난 아저씨가 좋았다. 아저씨와 자주 이러니저러니 이야기도 나눴다. 어쨌든 벌써 10년째 단골이다.

"거스름돈, 칠백오만 엔이올시다."

진지한 얼굴로 저런 말을 하는 게 웃기기도 했고.

"오늘은 김 도시락이 아니네요?"

그렇게 물어봐 주기도 했다.

"질렸어요?"

아저씨의 말투나 태도는 10년이 지나도록 변함이 없었

다. 내가 초등학생일 때도 아이라고 해서 허물없이 반말하지 않았다. 철저하게 정중한 말투로 대해주었다.

그런 면이 퍽 마음에 들었다. 존경할 만한 어른이라고 생각했다.

"질린 건 아니에요."

그래서 나도 정중한 말투로 대답했다.

"가끔 다른 반찬도 먹어보고 싶어서요."

"그렇군요. 감사합니다."

아저씨도 한결같이 예의를 지켜주었다.

"이 가게 반찬, 굉장히 맛있거든요."

나도 예의상 인사를 건넸다. 빈말이 아니라 진심으로 그렇게 생각했지만, 대놓고 아저씨를 칭찬한 데에는 어느 정도 아부하는 마음도 섞여 있었다.

"감사합니다."

아저씨는 깊이 머리를 숙였다.

"김 도시락도 반찬은 조금씩 바뀐답니다."

"그렇죠."

매일 김 도시락을 먹게 되는 이유는 사실 그 때문이었다. 우엉이 연근으로 바뀌기도 하고 달걀 프라이 대신 삶은 달걀이 들어 있을 때도 있으며 닭튀김이 한 입 크기의 감자 크로켓으로 바뀌기도 했다. 늘 기대가 되었다.

"반찬은 웬만하면 바꾸지 말고 늘 같은 걸로 해줬으면 좋겠다고 하시는 손님도 많지만요."

아저씨는 웃음기 하나 없는 얼굴로 말했다.

"어른들은 그걸로 괜찮아도 어린이 손님은 질려할 것 같아서요."

설마. 문득 깨달았다. 아저씨는 어쩌면 날 생각해서 반찬에 변화를 주었던 건가.

"오늘은 함박스테이크 도시락 주세요."

"거스름돈, 오백육십만 엔이올시다. 감사합니다."

감사의 말이라면 나도 하고 싶었다. 얼굴은 우악스럽고 무서워 보여도 심성은 다정한 아저씨였다.

고마워요, 아저씨.

돌아가시는 일이 없었으면 좋겠다.

*

아저씨가 보이지 않게 된 뒤로 김 도시락 반찬의 사소한 변화는 사라졌다.

우엉 볶음과 달걀 프라이, 닭튀김. 이 반찬들은 그것대로 맛있으며 믿고 먹을 수 있는 한결같은 맛이다.

그렇긴 하지만 역시 약간 뭔가 부족한 느낌은 있다.

"포인트가 꽉 찼네요."

쇼케이스에서 도시락을 꺼내며 점원이 말했다.

"포인트요?"

별생각 없이 되묻다가 깨달았다.

매일 무의식적으로 돈과 함께 이 가게의 포인트 카드를 동전 지갑에서 꺼냈다는 걸. 얼마나 쌓였는지 전혀 개의치 않았다.

"좋아하는 차나 생수를 한 병 가져가세요."

점원은 옆에 놓인 음료 전용의 소형 냉장고를 가리켰다.

"좋아하는 차나 생수라…."

다소 생소한 브랜드의 페트병에 담긴 녹차와 우롱차와 천연수가 진열된 소형 냉장고. 말하기 뭣하지만 마시고 싶은 생각이 들지 않는다. 그러고 보니 이 가게를 다닌 지도 상당히 오래되었는데 음료를 산 적은 없었네. 보통은 언덕 중간에 있는 편의점에서 산다.

좋아하는 차는 없는 것 같은데.

그렇다고 거절하기도 미안하다.

"이 차로 할게요."

녹차가 담긴 병 하나를 마지못해 꺼내 들었다.

"그리고 이것도 가져가세요."

점원이 자그마한 종이봉투를 내밀었다.

"뭐예요?"

점원의 눈꼬리가 조금 내려가며 표정이 서글서글해졌다.

"경품이에요."

살짝 웃은 것도 같다.

나는 가게를 나와 걸음을 옮겼다.

도시락 가게 앞의 언덕길을 올랐다. 집으로는 곧장 돌아가지 않을 생각이다. 밖에서 도시락을 먹어야지. 오늘의 일정은 먹으면서 생각하자.

오전 8시. 나는 오늘도 학교를 건너뛴다.

아예 처음부터 가는 척할 마음조차 없었다. 외투 안에는 잠옷 차림 그대로였다.

3

언덕을 다 오르면 빌딩 사이로 공원이 있다.

공원으로 들어가 벤치에 앉았다.

넓지도, 그리 볕이 들지도 않는 공원. 나 혼자뿐인 수요일 오전 8시의 공원. 얼마 전까지 벤치 옆에는 하얀 목련이 피어 있었다. 지금은 이미 잎으로 뒤덮였다.

나는 무릎 위에 김 도시락을 펼쳤다. 앞으로 한 시간 뒤면 근처 어린이집에서 선생님을 따라 나온 원생들로 공원이 시끌벅적해진다. 사정을 훤히 알고 있다. 과거에 내가 다니던 어린이집이니까. 안면이 있는 선생님은 한 사람도 없지만 좀 찔리는 기분은 든다. 원생들이 오기 전에 밥을 다 먹고 장소를 옮겨야겠다.

그다음엔 뭘 한다? 정하지 않았다. 상황에 따를 뿐. 역

뒤편에 있는 만화카페에라도 갈까. 다음 일정은 새하얀 백지상태. 늘 그렇다.

평일 오전에는 학교에도 가지 않은 채 빈둥빈둥 논다. 그러고 보니 나, 어딜 봐도 수상한 사람 같네.

평범한 사람이라면 가능한 일들이 내게는 불가능하다. 평범해질 수 없는 낙오한 인간.

어린이집에 다니던 무렵부터 난 이랬을까.

치쿠와 튀김을 베어 물며 생각한다.

지금과 다를 바 없었다. 뻔하다. 친구 하나 사귀지 못했다. 늘 덩그러니 외톨이 신세. 누구하고도 마음을 터놓으려 하지 않았다. 나는 그런 원생이었다. 그럭저럭 고등학생이 된 지금도 마찬가지다.

도시락 가게 아저씨와도 그런 이야기를 나눈 적이 있었는데.

*

"학교가 싫은가 봐요?"

아저씨가 이런 질문을 던진 건 작년 여름쯤이었다. 내가 학교에 가지 않고 어슬렁거리고 있다는 걸 눈치챈 모양이었다.

"네."

나는 대답했다.

"나도 그랬죠."

아저씨는 말했다.

"다 함께 단체행동을 하는 게 어찌나 힘들던지."

"그거 끔찍하죠. 앞으로 나란히 정렬해서 행진하는 거,
진짜 힘들어요."

"한 시간 동안 자리에 앉아서 얌전하게 선생님 말씀을
듣고 있는 것도 고역이었죠."

"맞아요. 완전 동감이에요."

"토할 것 같은 기분이 들잖아요."

"전 실제로 교실에서 토해버렸어요."

아저씨는 물끄러미 내 얼굴을 쳐다봤다.

"게워낸 거예요?"

"네."

"괴로웠겠네요."

동정 어린 목소리였다.

"맞아요. 그래서 더욱 학교에 가는 게 싫어졌어요. 모두
가 보는 앞에서 또 토해버릴까 봐 두려워요."

제발 오늘 하루는 속이 울렁거리지 않게 해주세요.

부디 오늘 하루도 토할 것 같은 기분이 되지 않게 해주세요.

간절히 바라면서 하루하루를 보냈다. 학교는 전혀 즐거운 곳이 아니었다.

"급식 시간에는 어땠어요?"

아저씨의 질문에 나는 곧장 대답했다.

"싫었어요."

"배는 안 고팠어요?"

"전혀요. 한 입이라도 먹었다간 속이 울렁거릴지도 모르니까. 공포심이 더 컸어요. 그래서 거의 입에 대지 않은 채 남겼어요."

"그것도 힘들었을 텐데."

아저씨는 고개를 저으며 가만히 말했다.

"힘들었겠네요."

"학교에만 안 가면 평소대로 배가 고파와요."

그래서 김 도시락도 즐거운 마음으로 맛있게 다 먹어치울 수 있는 것이다.

"학교에만 안 가면 하루하루가 편안해요."

그나마 초등학교 저학년 시절에는 참고 견뎠다. 학교에 가는 척만 하고 나가지 않게 된 건 초등학교 4학년쯤 무렵부터였다.

"감기에 걸려서 쉴게요."

"배탈이 나서 쉴게요."

"열이 나서 쉴게요."

처음에는 학교에 연락도 했지만, 중학교 2학년 2학기 무렵부터는 그마저도 건너뛰었다. 무단결석이었다. 물론 담임에게 연락이 오는 바람에 유리아에게도 들켰다.

"유리, 학교에 계속 안 갔다면서?"

"응."

"따돌림 당하는 거야?"

"아냐."

그럼 어째서 학교에 가기 싫은 건데?

유리아가 그렇게 묻는다면 제대로 설명할 자신은 없었다.

친구는 없다. 친구를 만들어야 하는 이유도 모르겠다. 나이만 같을 뿐 어떤 친밀함도 느낄 수 없는 타인. 그런 무수한 타인과 함께 한 상자 안에 담긴 채 같은 공기를 마신다.

그게 고통스러웠다. 토하고 싶어질 만큼.

"따돌림당하는 것도 아니란 말이지."

유리아는 깊이 추궁하지는 않았다.

"유리, 부탁이야."

"뭘."

"억지로 학교에 가라고는 말 안 해. 하지만 고등학교만큼은 졸업해 줬으면 해."

뭐야 그게. 결국 어떻게든 학교에 가라는 소리네. 유리아, 앞뒤가 안 맞잖아.

그렇다고 유리아에게 반항할 만한 이유도 근거도 없었던 나는 결국 순순히 따랐다. 엉망진창인 성적으로도 합격할 수 있는 최저 커트라인의 공립고등학교에 입학해서, 같은 반 친구들의 이름과 얼굴도 기억하지 못한 채 아슬아슬한 출석 일수로 2학년에 올라갔다.

역시나 속이 울렁거리면 "몸이 안 좋은데 보건실에 가도 될까요?"라는 말 정도는 할 수 있게 되었고 여러 사람이 보는 앞에서 토할지도 모른다는 공포는 이제 사라졌지만, 여전히 학교는 좋아지지 않았다. 가지 않아도 된다면 그보다 더 좋은 방법은 없을 텐데.

고등학교만은 졸업하라는 말이지. 까다롭네.

이해는 한다. 졸업장은 필요하단 뜻이겠지. 부모 마음

이 그렇다. 이해는 해, 유리아.

유리아는 옳을 때는 옳다. 나보다는 어른이니까. 알고는 있다.

하지만 난 도무지 학교란 곳에 적응이 안 된다.

"단체행동보다도 전, 인간관계 자체가 힘든 것 같아요."

"하지만 이렇게 대화가 되잖아요?"

"아저씨라서 그래요. 아저씨와는 몇 년 전부터 쭉 알아왔고 조금씩 말을 주고받다 보니까 지금처럼 대화가 되는 거예요."

아저씨는 이야기할 때 제대로 예의를 갖춰서 말해줄 뿐만 아니라 억지로 거리를 좁히려고도 하지 않는다. 그래서 안심하며 이야기를 나눌 수 있다.

"근데 전, 친구가 뭔지 잘 모르겠어요."

이제 막 알게 된 상대와 어떻게 친해질 수 있는 걸까.

어떻게 금세 서로에게 익숙해져서 상대를 별명으로 부르며 손을 잡거나 껴안을 수 있는 거지.

전혀 모르겠다.

솔직히 말하면 기분 나쁠 정도다.

"확실히 친구라는 게 묘한 존재이긴 하죠."

아저씨는 생각을 거듭하며 팔짱을 꼈다.

"초등학생, 중학생, 고등학생, 대학생. 참 다양하지만 생각할수록 신기하긴 하네요. 서로에 대해 거의 무지하다고 해도 좋을 상대를, 어째선지 '마음이 맞는 친구'라고 인식하잖아요. 거기서부터 시작되는 거니까요. 매일매일 친하게 이야기를 나누며 찰싹 붙어 있거나 행동을 함께하죠. 늘 같이 있다 보니 점점 공통의 화제가 늘면서 더욱 친밀해지는 거예요. 그러다 반이 바뀌거나 졸업하면 어째선지 '마음이 맞는'다는 느낌이 희미해져서 끝내는 왕래도 끊기죠. 일말의 의문도 없이 이어졌다가 사이가 깊어지는가 싶더니 결국엔 그 매듭이 풀려버려요. 손님이 말한 그대로예요. 확실히 잘 모르겠네요."

아저씨는 고개를 끄덕이면서 말을 이었다.

"지금 손님이 느끼고 있는 의문은 옳아요. 친구라는 건 시간의 성과랍니다. 오랜 시간에 걸쳐서 때로는 친밀했다가 또 때로는 소원해지죠. 하지만 역시나 만나고 싶어지고 만나면 즐겁죠. 그렇게 어중간한 상태로 함께 시간을 보내다 보니 결과적으로는 소중한 관계로 여겨지는 거예요. 그런 상대가 진짜 친구겠죠. 적어도 전 그렇게 믿는답니다."

나는 꾸벅 고개를 끄덕였다.

"하지만 말이죠, 그 한 시절을 함께 즐겁게 지내다가 화려하게 해산하는 관계도 그 나름대로 친구인 건 틀림없어요."

"하아."

나는 낮은 한숨을 내쉬었다.

"학교라는 공간에서 지내려면 그런 '친구'가 꼭 필요하죠. 그렇지만 손님에게는 그런 관계가 체질에 안 맞는 거겠죠."

"맞아요."

계속 말하고 싶어도 그러지 못한 채 담아둔 이야기를 아저씨가 대신 말해준 것 같은 기분이었다.

"저한테는 그런 게 필요 없어요."

모르는 상대에게 억지로 맞추고 싶지는 않다. 한 시절을 함께하는 친구 따위도 바라지 않는다.

"하지만 일단 사귀어보지 않으면 모르는 거예요."

"귀찮은데."

나도 모르게 말이 튀어나왔다.

"귀찮아요, 그런 거. 대화 상대라면 제겐 유리아… 엄마가 있으니까 그걸로 충분해요."

"친구든 개든 고양이든 관계를 맺는 첫 단계는 다 비슷한 법이죠."

"네?"

순간 나는 어안이 벙벙했다. 개와 고양이라니.

"개와 고양이를 보면 귀엽다고 생각하죠?"

"그야 뭐."

나는 긍정할 수밖에 없었다.

"귀엽게 느껴지잖아요. 옆에 다가가서 손을 내밀게 되죠. 그러다 도망가지 않으면 살짝 머리를 쓰다듬어 보는 거예요."

무슨 말인지는 이해한다. 그러나 이야기를 듣는 동안 나는 바들바들 몸이 떨리며 점점 불안해졌다.

아저씨, 그 비유는 그만해 줬으면 좋겠는데요. 개는 그렇다 쳐도 고양이는 견디기 힘든데.

"사람도 마찬가지예요. 일단 호감이 생기죠. 그러면 가까이 다가가서 말을 걸어 보는 거예요. 도망가지 않는다면 슬쩍."

"머리를 쓰다듬나요?"

"그런 짓을 했다간 경찰한테 신고당해요."

아저씨는 진지한 얼굴로 대꾸했다.

"슬쩍 이야기를 이어가면서 상대의 반응을 지켜보는 거

예요. 그렇게 해서 좋은 감정을 느낀다면 잠정적인 우정이 시작되는 거죠."

"귀찮은데."

그만 내뱉고 말았다.

"그런가요."

아저씨는 약간 낙담한 듯했다.

"요즘엔 학교에 가서 잠정적인 우정을 구하기보다 직업을 찾는 편이 나을 것 같다는 생각이 들어요."

고등학교에 진학한 뒤 막연하게나마 쭉 그렇게 생각해 왔다.

일하면 좋겠다. 돈을 벌면 유리아에게도 보탬이 된다. 굳이 밤샘 영업을 하는 가게에서 버틸 필요도 없고 기무라 씨의 택시를 부를 정도의 여유는 생길 것이다. 일석이조. 하지만 문제는 유리아가 그러라고 허락해 줄지가 관건이다.

고등학교를 졸업하고 나서 일하라고 말하겠지. 뻔하다.

"하지만 학교는 그렇다 쳐도 일하려면 타인과의 관계는 피할 수 없겠죠."

"오호라. 어쩌면 그쪽이 손님과 맞을지도 모르겠군요."

아저씨는 다행이라는 듯 몸을 앞으로 내밀었다.

"직장에서의 인간관계는 서로에게 그다지 간섭하지 않는 게 기본이니까요. 친구가 되진 않더라도 의사소통만 할 수 있으면 되죠. 그런 관계라면 손님도 토할 것 같은 기분은 안 들지도 모르겠네요."

"그렇군요."

왠지 구원받은 기분이었다.

"아 참, 여기 언덕 위에 있는 고양이 카페에서 아르바이트 스태프를 모집하고 있던데요."

아저씨가 무심코 말을 꺼냈다.

"고양이."

아마도 내 안색은 바뀌었으리라.

"고양이는 안 돼요."

"싫어해요?"

"그런 건 아닌데, 안 돼요."

"아하."

아저씨는 멋대로 이해한 모양이었다.

"죽은 마누라도 그랬죠. 고양이를 굉장히 좋아했어요. 그런데 만지면 눈물이랑 콧물에 재채기가 나왔죠. 체질이었어요."

다르다. 내 경우엔 알레르기 같은 게 아니다. 아저씨의 죽은 아내와는 다르다.

하지만 나는 결코 아무것도 말하지 않았다.

*

김 도시락은 오늘도 남김없이 비웠다. 맛있었다.

녹차도 절반쯤 마셨다. 맛없는 건 아닌데 미묘한 맛이었다.

나는 가게 여자에게 받은 종이봉투를 열어보았다.

"어라?"

목소리가 튀어나왔다.

"이게 뭐야."

고양이 먹이가 들어 있었다. 사료가 담긴 작은 봉지였다.

"어째서 이런 게 들어 있지?"

하필이면 나한테 고양이 먹이를 주다니. 서글서글한 표정으로 웃으면서 건네길래 과자라도 주는 건가 싶었는데, 고양이 먹이라니.

바보 취급하고 있잖아.

"필요 없다고."

당장이라도 버리고 싶었으나 이 공원에는 쓰레기통이
없었다. 제기랄. 일어서려다가 숨을 삼켰다.

고양이다.

"야옹."

벤치 아래.

내 발밑에 고양이가 와있었다.

*

안 돼.

고양이와는 얽히지 않을 거야.

오래전에 결심한 일이다. 그래, 벌써 6~7년이나 지난
초등학교 시절에.

벗어나야 해, 당장.

*

하지만 발이 움직이지 않았다.

"야아아아옹."

고양이가 내 종아리에 몸을 비벼댔다. 폭신폭신한 삼

색털 고양이다. 연갈색과 진갈색 털이 섞인 머리에 핑크빛 코. 연갈색 등에 하얀 네 발의 삼색털 고양이.

미짱이랑 닮았다. 판박이다.

내가 방치한 채 외면해버린 미짱.

*

그러고 보니 그때도 나는 공원에 있었다.

물론 여기는 아니다. 언덕 아래의 지하철역 옆에 있는 작은 공원이었다. 그곳에서 나는 미짱을 만났다.

미짱. 내가 그 고양이에게 붙인 이름이었다.

굉장히 마르고 꼬질꼬질했던 미짱. 핑크색 동전 지갑에서 돈을 꺼내 슈퍼마켓에서 미짱에게 줄 먹이를 샀다.

사료가 담긴 작은 봉지. 맞다, 아까 도시락 가게에서 받은 그 작은 봉지와 같았다.

"미짱."

이름을 부르면 미짱은 공원의 천리향 꽃덤불에서 나왔다. 미짱은 먹이를 챙겨 주는 나를 따르게 되었다. 사료가 담긴 작은 봉지는 벽장 서랍에 숨겨두었다.

유리아에게는 비밀이었다.

"우와."

유리아는 고양이를 좋아했다. 텔레비전 방송에서 고양이가 나오면 늘 새된 함성을 질렀다. 내 동전 지갑도 고양이 무늬이고 화장품 파우치에도 고양이 일러스트가 그려져 있다.

"우와아아아."

거리를 걷다가 고양이를 발견하면 꿈쩍 않고 서서 새된 함성을 질렀다. 그대로 쭈그리고 앉아 다시금 새된 함성을 지른다.

"냥이야, 야옹아, 이리 와 봐."

대개 고양이는 경계하며 다가오지 않는다. 불쾌한 기색을 내비치며 총총히 가버린다. 유리아는 아쉬운 듯 그 모습을 바라본다.

"고양이는 저런 식으로 매정하게 구는 면이 마음에 들더라."

그러고는 한숨을 내쉰다.

"고양이 기르고 싶다."

유리아와 내가 사는 연립주택은 반려동물을 키우는 게 금지였다.

"이사 가면 되지."

나는 말했다.

"그러자. 돈을 모아서 반려동물을 기를 수 있는 건물로 이사 가는 거야."

유리아도 입으로는 그렇게 말한다. 그러다 이사에 관한 이야기는 자연스레 한낱 꿈처럼 사라진다. 아마 저금할 여유가 없어서겠지. 어쩔 수 없다.

그래서 나도 미짱을 집에 데려가는 건 애초에 생각조차 하지 않았다. 물론 유리아는 고양이를 좋아하면서도 내게 따끔하게 주의 준 적이 있었다.

"기를 형편이 안 되니까 밖에서 고양이에게 먹이를 주거나 하면 안 돼. 책임지지 못할 일은 하지 말아야 해."

"책임이라니?"

나는 고개를 갸웃거렸다. 이해가 되지 않았다.

"평생 돌봐주고 함께 있어주는 것. 그게 책임을 지는 거야."

그런 말을 들었으면서도 당시의 나는 전혀 이해하지 못했다.

미짱과 친해지고 싶어. 날 잘 따랐으면 좋겠어. 그런 생각뿐이었다. 사람과 친해지고 싶다거나 사랑받고 싶다는 생각은 못 하면서도 미짱에게는 사랑받고 싶었다. 미짱은 귀여웠다. 너무 사랑스러웠다.

"살쪘네, 미짱."

나는 기뻤다.

"밥을 잘 챙겨 먹어서 그런가 봐. 잘됐다."

기뻤다. 그래서 전혀 눈치채지 못했다.

어리석었던 초등학생의 나.

"미짱."

어느 날 미짱은 좀처럼 덤불에서 나오려고 하지 않았
다.

"미짱."

"야옹."

가냘픈 울음소리가 들렸다.

평소의 울음소리가 아니었다. 희미한 울음소리.

"미짱?"

나는 덤불 속을 들여다봤다. 그리고 눈을 동그랗게 떴
다.

미짱이 그곳에 누워 있었다. 나를 쳐다봤지만 움직이
지 못하는 것 같았다.

"미짱."

대답을 해온 쪽은 미짱이 아니었다.

"야옹."

눈도 뜨지 않은 새끼 고양이었다.

미짱은 배 속에 새끼를 품고 있었다.

미짱은 임신 중이었다.

나는 새끼 고양이들을 보면서도 귀엽다는 생각이 들지 않았다.

큰일 났네.

그런 생각만 들었다.

알아차리지 못했다. 그렇다고 유리아의 말이 무슨 뜻이었는지 전혀 몰랐던 것도 아니었다.

길고양이에게 먹이를 줘서는 안 된다는 것. 책임도 지지 못하면서 그때그때 적당히 돌봐주는 시늉을 해서는 안 된다는 것.

유리아는 옳을 때는 옳았다.

미짱 한 마리뿐이라면 밥을 챙겨줄 수 있다. 그러나 몇 마리씩은 버겁다. 미짱은 앞으로도 새끼를 낳겠지. 미짱만이 아니다. 그 새끼들에, 또 그 새끼들까지.

끝이 없을 거야. 점점 늘어가겠지.

계산은 서툴러도 그쯤은 상상할 수 있었다.

나는 그 자리에서 도망쳤다.

"야옹."

미짱의 목소리가 귓가에 생생히 와닿았다.

미짱, 배가 고플 텐데. 언제나처럼 밥을 먹고 싶을 거야. 새끼들에게 젖을 주니 배가 고픈 게 당연했다. 분명 나를 기다렸을 텐데. 틀림없이 앞으로도 계속 밥을 줄 거라고 기대할 텐데.

"야옹."

가냘픈 울음소리도 나를 쫓아왔다. 새끼 고양이의 울음소리.

"야옹."

"야옹."

나는 도망쳤다.

그때 손에 쥐고 있던 사료가 담긴 작은 봉지는 집에 가는 길에 버렸다. 연립주택의 벽장에 감춰뒀던 먹이도 음식물 쓰레기 안쪽에 쑤셔 넣었다.

역 근처 공원에는 가지 않기로 했다.

그날 이후 나는 단 한 번도 그 공원에는 얼씬도 하지 않았다.

도망친 것이다.

미짱과 그 새끼들이 어떻게 됐는지는 모른다.

4

"야옹."

삼색털 고양이는 나를 올려다보며 울었다.

"야아옹."

갸르릉, 갸르릉, 목청을 높인다. 종아리에 등을 대고 비벼댄다. 응석을 부린다.

"미짱."

나는 중얼거렸다.

"안 돼, 미짱."

내게 이러지 마. 그날 난 미짱을 버리고 도망쳤어. 미짱만이 아냐. 새끼들의 목숨까지 내버린 채 도망쳤다고.

나는 평범하게 살아갈 수 없는 낙오자야. 게다가 인간 쓰레기야.

"미짱."

멀리하는 편이 좋아. 저리 가.

"미짱."

아니다. 미짱이 아냐. 미짱은 분명 죽었겠지. 미짱일 리가 없다.

부탁이니까 저리 가. 어딘가로 가버리라고. 제발.

"미짱."

제발 떨어져.

나는 벤치에 앉아서 삼색털 고양이의 부드러운 온기를 종아리로 느낀 채 꼼짝도 할 수 없었다.

"이 녀석 이름은 그게 아닌데."

바로 옆에서 목소리가 들려왔다.

"논코라고 해. 제대로 안 불러주면 말을 안 들어."

나는 시선을 들었다. 벤치 바로 옆에 남자애가 서 있었다.

"논코는 맨입으론 사람이 하는 말은 좀처럼 안 듣는다고."

남자애는 입을 비쭉거렸다.

"엄마가 하는 말이라면 조금 듣지만."

"이 애는 네 고양이야?"

"응."

남자애가 고개를 끄덕였다.

"우리 집 고양이야."

초등학교 5~6학년쯤 됐을까. 마르고 자그마한 체형인데도 목소리가 상당히 굵직했다. 좀 더 나이가 많으려나. 그런데 어째서 수요일의 이런 시간에 여기에 있는 거지?

그야 나도 남 말할 처지는 아닌, 수상한 사람이지만.

"너 중학생이야?"

일단 물어봤다.

"응, 얼마 전에 막 입학했어."

"오늘 학교는 안 갔어?"

"개교기념일이라서 쉬는 날."

곧장 반응이 오는, 거침없는 답변이었다. 빤히 얼굴을 쳐다봤더니 남자애가 히죽거렸다.

수상한데.

개교기념일이란 말이지. 거짓말일지도 모른다.

"그쪽이야말로 학생인 것 같은데. 학교는 어쨌어?"

남자애가 되받아쳤다.

"개교기념일이야."

나도 지지 않고 응수했다.

"거짓말이겠지."

남자애는 크게 웃어댔다.

"너야말로."

뭐지, 이 느낌은.

나는 남자애와 이야기하면서 이제껏 경험하지 못했던 기분을 느꼈다.

즐겁다.

어쩌면 이 느낌이 도시락 가게 아저씨가 말하던 그런 건가.

관계를 맺는 첫 단계. 이야기를 이어가며 상대의 반응을 살핀다. 좋은 감정을 느끼게 해준다는 그것.

이렇게 나이 어린 애송이를 상대로도 느낄 수 있구나.

곁으로 다가와 말을 걸기만 해도 상대와 관계를 맺을 수 있다는 건가.

"논코."

내 다리에 달라붙어 있던 삼색털 고양이를 남자애가 끌어안으려고 했다. 삼색털 고양이는 스르르 빠져나갔다.

"이 녀석."

혀를 차면서 남자애가 팔을 뻗는다.

"야아옹."

삼색털 고양이는 몸을 비틀면서 남자애의 품 안에 붙잡혔다. 무척 싫어하는 눈치다.

"잡았다."

의기양양하게 말을 내뱉자마자 남자애가 표정을 일그러뜨렸다.

"아얏."

"왜 그래?"

"발톱으로 팔을 긁었어."

삼색털 고양이가 눈을 번뜩이고 있었다.

"이 녀석 도통 가만있질 않는다니까. 내 말은 절대 안들어. 오늘도 그래. 밖에 못 나가게 했는데도 도망가 버렸어."

"집 안에서만 기르는 거야? 그편이 안전하겠네."

"화분에 물을 준다고 할머니가 방충망을 열었는데 그사이로 휙 빠져나가 버렸어."

남자애는 지긋지긋하다는 듯 삼색털 고양이의 머리를 쿡 찔렀다. 삼색털 고양이의 눈이 다시 번뜩였다.

"아야야얏."

발톱을 더욱 깊게 찌른 모양이다.

"그래서 쫓아왔어. 무사히 잡을 수 있어서 다행이야."

"잘됐네."

남자애는 고개를 끄덕였다.

"논코는 예전에 길고양이였어. 그래서 자주 탈주해. 대부분 몇 시간 만에 돌아오긴 하지만. 그 사이에 교통사고라도 당할까 봐 가족 모두 걱정한다니까."

"길고양이였다고?"

나는 가슴이 덜컥했다.

"그렇다니까. 내가 어렸을 때 새끼 고양이랑 함께 주웠어."

지금도 어른은 아니지 않나. 반문이 들었으나 그럴 때가 아니었다.

"주웠어?"

내 심장은 벌렁벌렁 요동치고 있었다.

"새끼 고양이도… 함께… 주운 거야?"

"아빠가 새끼 고양이 네 마리랑 논코를 주워 왔어."

내 심정 같은 건 알아차리지도 못한 채 남자애는 어딘가 으스대며 이야기를 이어갔다.

"역 근처 공원에 있는 걸 발견했대."

심장이 튀어나올 것만 같았다. 역 근처 공원이라고?

"그날 밤 아빠는 상당히 취해있었나 봐. 우리 아빠는

취하면 곧잘 뭔가를 주워오는 버릇이 있어. 한 번은 아빠가 희한한 사람을 데려왔다면서 크게 떠들며 집에 돌아왔는데 엄마가 현관에 마중 나갔더니 커넬 샌더스*가 서 있는 거야."

나는 기가 막혔다.

"커넬 샌더스?"

"역 앞에 KFC 매장 앞에서 데리고 와버린 거지. 깜짝 놀랐다니까. 꽤 무거웠을 텐데 잘도 끌고 온 거야. 아빠는 학창 시절에 씨름부였기 때문에 힘이 진짜 세."

자랑할 만한 일이 아니다. 절도잖아.

"쓸쓸해 보이는 애를 데려왔다면서 약국 처마 밑에 있던 코끼리 사토짱**을 납치해 온 적도 있었어."

그러니까 절도라고.

"물론 어느 쪽이든 곧장 가게에 사과하고 제대로 돌려줬어. 아빠는 취하면 눈에 들어오는 모든 게 다 쓸쓸해 보여서 같이 살아야 할 것 같은 기분이 된대."

---

* 미국 패스트푸드 업체인 KFC의 설립자이자 모델로. 하얀 양복을 입은 노신사의 동상이 모든 매장 앞에 세워져 있음.
** 일본 제약회사인 사토제약의 마스코트로. 약국 앞에 코끼리 모형이 세워져 있음.

"재미있는 분이시네."

"맞아. 엄마는 굉장히 화냈지만."

나는 약간 초조해졌다. 아빠든 커넬 샌더스든 사토짱이든 아무래도 좋다. 고양이 이야기를 계속 듣고 싶다.

"그래서 주운 고양이들은 어떻게 됐어?"

"새끼 고양이 중 두 마리는 키우기로 했어. 동네에서 길고양이를 돌봐주는 보호단체가 있잖아? 거기에 부탁해서 나머지 애들은 분양회에 내놨어."

"모르겠는데."

나는 중얼거렸다.

"그런 단체가 있어?"

고양이 보호단체가 있다는 사실을 그 시절의 내가 알았더라면.

"3번가에서 고양이 카페를 경영하는 사장님이 주최하고 있어. 동네 자치회 게시판에 분양회에 관한 벽보가 자주 붙어 있는데."

남자애는 공원 입구를 가리켰다.

"저기에도 게시판이 있잖아. 이번 달에도 붙었을걸."

"몰랐어."

나는 다시 중얼거렸다. 당시 초등학생이던 내가 그 사

실을 알았더라면 그 사람들에게 상담할 수 있었을 텐데. 미짱과 새끼 고양이들을 버리고 도망치지 않아도 되었는데.

"나머지 두 마리는 어떻게 됐어?"

"우리 집에 있어. 사실은 네 마리 다 분양회에 맡기려고 했는데 정이 들어서 못 보내겠다고 엄마가 그래서."

"그랬구나."

안도.

마음속에 서서히 번지는 평온함.

"처음에 아빠가 고양이들을 주워왔을 때는 엄마도 성가셔했어. 원래 개는 좋아해도 고양이는 안 좋아했거든."

"그랬구나."

"하지만 지금은 굉장히 귀여워하셔. 할머니랑 엄마가 고양이들을 서로 독차지하려고 싸울 정도라니까."

"그렇…구나."

콧속이 시큰거렸다.

"한 마리는 수컷인데 이름이 무타야. 다른 한 마리는 암컷이고 돈코라고 불러."

"그래."

콧속이 찡해오는 걸 참았다.

울면 안 돼. 이 애가 이상하게 생각할 거야.

"그렇구나."

"무타도 돈코도 도망치지 않는데. 논코 혼자만 탈주하
는 버릇을 못 버렸다니까."

다들 살아있었구나.

제대로 된 집의 가족이 되어 행복해졌구나.

할머니랑 아빠랑 엄마랑 이 남자애한테 듬뿍 사랑받고
있구나.

다행이다.

정말 다행이야.

"그만 돌아가지 않으면 할머니가 걱정하셔."

남자애가 걸음을 옮기기 시작했다.

"잠깐만."

나는 아이를 불러 세웠다.

"이거 줄게."

아까 도시락 가게에서 받은 종이봉투를 남자애에게 건
넸다.

"뭐야?"

남자애는 수상하다는 듯 눈살을 찡그렸다. 남자애에게

안겨있는 미짱, 아니 논코가 종이봉투에 코끝을 가까이 댔다.

"고양이용 사료야. 집에 가면 논코에게 먹이라고."

이름을 말한 탓일까. 논코가 내 얼굴을 쳐다봤다.

"사료? 그런 걸 항상 가지고 다녀?"

남자애가 못 말리겠다는 듯 말했다.

"어째서?"

나는 숨이 턱 막혔다.

도시락 가게에서 받은 거야.

사실이었지만, 오히려 이상하게 들린다. 믿어줄 리가 없다.

"가끔 가지고 다녀, 가끔."

나로서는 더 이상 설명할 방법이 없었다.

"야옹."

논코가 작게 울었다.

"고맙다고 해야지, 논코."

논코는 빛나는 눈으로 내 얼굴을 바라봤다.

고맙다니 당치도 않아. 알고 있어.

기억하고 있을 리는 없지만, 기억한다 해도 용서해 줄 리는 없지만, 용서받을 수 없겠지만.

미안해.

그 순간.

논코가 휙 고개를 돌렸다.

"잘 받을게. 고마워."

그러고는 남자애가 씩 웃었다.

"성실히 학교에 다니라고."

나도 히죽히죽 웃으며 되받아쳤다.

"그쪽이야말로."

"안녕."

등을 돌리려다 남자애가 휙 뒤돌아봤다.

"난 오다테 고지라고 해. 일요일 낮이면 3번가에 있는 고양이 카페로 엄마랑 점심을 먹으러 갈 때가 많아."

아까까지와는 달리 얌전한 표정이다. 나는 어떻게 대답해야 좋을지 몰랐다.

"논코에게 간식을 줘서 정말 고마워."

남자애는 정중하게 인사한 뒤 자리를 떠났다.

*

남자애를 다시 한번 불러서 말해야 했다.

난 사쿠라다 유리라고 해.

논코와 그 새끼들을 구해주고 길러줘서 정말 고마워.

사실은 그렇게 말해야만 했다.

그리고 논코.

살아있어 줘서 고마워. 그리고 미안해. 같은 잘못은 두
번 다시 안 해. 절대로.

*

공원 벤치에는 나 혼자였다.

슬슬 어린이집 원생들이 올 시간이다.

벤치에서 일어나 걸음을 옮겼다. 공원 입구에 동네 자
치회의 게시판이 세워져 있었다. 이제껏 주의 깊게 본 적도
없던 게시판에 포스터 한 장이 붙어 있었다.

'5월의 보호묘 분양회에 관하여'

아까 남자애가 말한 보호단체의 포스터였다. 3번가의
고양이 카페 주소와 전화번호도 적혀 있다.

3번가의 고양이 카페.

언젠가 도시락 가게 아저씨가 아르바이트를 모집하고

있다던 그 가게 아닐까.

이 고양이 카페에 가고 싶다. 가보자.

언제?

오늘, 지금 당장. 아직 문을 안 열었으려나. 편의점에 가서 커피라도 마시면서 시간을 보낸 뒤에 가보는 거야.

아저씨와 그 이야기를 나눴던 때는 작년 여름이었다. 아르바이트는 이제 안 구하려나. 그래도 상관없다. 가보자. 보호 활동에 자원봉사로 참여할 수 있을까. 물어봐야지.

논코와 그 새끼 고양이들을 향한 속죄가 될 거라고는 생각하지 않지만, 그러고 싶다.

학교뿐만이 아니다. 나는 미짱을 버린 그날로부터도 계속 도망치고 있었다. 이제야 겨우 멈춰 서서 마주할 수 있게 되었다. 그런 생각이 든다.

오늘은 일단 그렇게 해보는 거야.

내일은?

내일은, 글쎄.

'성실히 학교에' 가볼까. 좋아, 결심했어. 내일은 학교에 가는 거다. 내일모레는 갈지 안 갈지 모르지만. 내일은 가 봐야지.

유리아는 말하곤 했다.

"넌 네 인생을 살면서 본인의 행복을 손에 넣어야만 해."

맞는 말이다. 유리아는 옳을 때는 옳다. 유리아의 말대로 고등학교만큼은 졸업할 수 있도록 노력해 보는 것도 나쁘지는 않다.

흐음, 그리 만만치 않으려나. 이제까지의 인생에서도 불가능한 일이었는데. 역시 끝까지 버티지 못할지도 모른다. 아무래도 학교에는 못 다니겠어. 그런 결론에 이를지도. 하지만 그때는 또 유리아와 진지하게 이야기해 보면 되는 거다.

노력해 봤지만 역부족이었어. 일할래.

제대로 이야기하면 유리아도 단념해 줄지도 모른다.

앞으로 일요일 점심은 고양이 카페에서 먹자. 오다테 고지와 그 엄마를 만나서 인사를 해야 한다. 논코와의 일을 제대로 설명하긴 힘들지만 넌지시 감사의 말을 전하고 싶다.

이런, 일정이 상당히 빡빡해졌잖아.

여태 이런 적이 없었는데.

내 인생, 앞날은 백지상태. 하얀 여백뿐이다.

내 인생.

나의 행복. 손에 넣으려면 어떻게 해야 할까. 구체적인 방법은 모른다. 그런 상태에서 시작돼버린 나의 인생.

그래, 시작되어버린 이상 어쩔 수 없다. 평범한 사람이 될 수 없다면 그런대로 움직여보는 거다. 귀찮긴 하지만.

귀찮더라도 해볼까.

제 4 장

택시 기사 손님

다음번에는 꼭 만회하고 싶다.

다음번에는 부디 그녀에게 뭔가 해주고 싶다.

그녀가 기뻐할 만한 무언가.

새벽녘부터 꽤 본격적으로 비가 내리기 시작했네요.

우산이 없으시군요. 기다리시는 동안 젖지 않으셨나요? 괜찮으세요?

실은 좀 놀랐답니다.

아침 일찍 이런 시간에 손님이 우산도 쓰지 않은 채 서 있었으니까요.

마침 슬슬 일을 접고 돌아가려던 참이었어요. 밤새 열심히 뛰었는데요. 허탕만 쳤거든요.

어디로 가신다고 하셨죠?

K동네요?

잘 알죠. 네, 출발하겠습니다. K동네 어디쯤일까요? 3

번가요? 네네, 알아요. 3번가 어디에 세워드릴까요? 언덕 위인가요, 아래인가요?

아래요?

아하, 도시락 가게 근처인가요?

맞나요? 다행이군요. 자그마한 가게인데다 외관은 전혀 도시락 가게 같지 않아서 알아보기 힘들거든요.

전 그 가게 단골이랍니다. 팬이에요. 포인트 카드까지 가지고 있죠.

오늘 아침만 해도 그 가게 도시락을 사서 집에 돌아갈까 생각하고 있었어요. 에헤헤. 오늘이면 딱 포인트가 다 모이거든요. 기대하며 모았답니다.

아뇨, 경품이 뭔지는 몰라요. 포인트가 쌓이는 게 왠지 기쁠 따름이에요.

그 가게, 참 좋아요.

싸고 양도 많고 맛있거든요.

최근에 주인이 안 보이더라고요. 젊은 아가씨 혼자서 꾸려가고 있어요.

좋은 가게죠, 네.

*

"택시가 잡혀서 정말 다행이에요."

그렇습니까. 저도 다행입니다.

"꽤 긴 시간을 거기에서 기다리고 있었거든요."

그러셨군요. 하긴, 손님이 서 있던 Y터널 바로 앞은 밤에는 인적도 드문 곳이니까요. 운전하는 사람한테는 살짝 사각지대일지도 모르겠네요. 얼마나 기다리신 건가요?

"글쎄요. 어쨌든 상당히 오래 기다렸어요. 택시가 몇 대쯤 지나갔죠. 하지만 기사님에게는 안 보였나 봐요. 손을 들어도 그냥 지나가 버리더라고요."

송구스럽네요. 다들 귀가를 서두르고 있었나 보네요. 저한텐 손님의 모습이 확실히 보였는데 말이죠. 들어 올린 손이 도로 정중앙까지 뻗치듯이 보였어요. 깜짝 놀랐답니다. 착시현상이었겠지만 무심코 으악, 하고 소리를 지를 정도였어요. 당황해서 브레이크를 밟았죠.

"알아봐 주셔서 다행이에요."

저도 손님을 태울 수 있어서 다행입니다. 서로에게 좋은 일이었네요.

"딸이 걱정돼서 빨리 택시를 타고 싶었어요."

아하, 따님 말씀이세요?

"딸을 두고 집을 나와버렸거든요. 딸이 쓸쓸해하고 있을 거예요. 돌아가야 한다는 건 알고 있었지만, 예상 밖으로 시간이 흘러버렸어요."

손님 댁은 그 도시락 가게 근처인가요?

"도시락 가게 말이죠? 맞아요, 무척 가깝다고 할 수 있죠. 굉장히요."

그렇습니까.

*

건성으로 대답하며 나는 생각했다.

어떤 사정이 있는 걸까.

한밤중에 딸을 두고 집을 비운다. 그렇다는 건 밤에 일한다는 뜻인가. 유리아 씨랑 비슷하네.

하지만 이 여자는 유리아 씨처럼 물장사를 하는 것 같진 않다. 옷차림도 화장도 아무리 봐도 일반 가정주부다. 나이도 유리아 씨보다는 훨씬 젊어 보인다. 서른 정도? 좀 더 위일까. 딸이 아직 어린가. 걱정할 만하다.

최근 유리아 씨의 호출이 뚝 끊겼다. 불경기니까. 지긋지긋하다.

딸 이야기는 유리아 씨도 자주 하곤 했지.

"등교거부아야. 학교를 땡땡이치고 어슬렁어슬렁 돌아다니기만 해. 친구도 없는 것 같던데, 우리 애는 대체 뭐가 되려는 건지."

한숨 섞인 목소리로 푸념을 하곤 했다.

"저 역시도 자주 학교를 땡땡이쳤고 공부도 잘하는 편이 아니었고 친구도 적었지만, 어떻게든 어른이 되었답니다. 괜찮을 거예요."

그런 식으로 위로의 말을 건넬 뿐이었다.

"하긴, 나도 그랬으니까."

공감하던 유리아 씨.

"학교는 늘 땡땡이치고 거리를 어슬렁거리면서 놀기만 했지. 늘 혼자 놀았어. 그러다 결국 고등학교를 중퇴해 버렸지."

"저기, 유리아 씨, 그 점은 모녀가 쏙 빼닮은 것 같은데요."

"맞아, 그렇다고 저 아이한테 '이해해, 나도 그랬단다. 그러니 괜찮아. 좋을 대로 하렴.' 하고 말할 수도 없잖아."

"상관없지 않을까요. 따님은 안심할 텐데요."

"그래서야 곤란하지. 아이만큼은 부모와는 다른 길을 찾아야 하지 않겠냐고."

"그런 거로군요."

"나 같은 인생이라니, 너무하잖아."

"그렇게 되진 않을 거예요. 서로 다른 사람이니까요."

"깜박 잘못해서 나처럼 살게 되면 어째."

"글쎄요, 어쩜 좋을까요."

"나처럼 살면 안 돼. 엄청나게 행복해지지 않으면 안 된다구."

유리아 씨는 그다지 엄마처럼 보이지 않지만, 그게 바로 부모 마음이란 거겠지.

*

"기사님은 젊으시네요."

아, 그런가요. 보시다시피 풋내기랍니다.

"이 일을 시작하신 지 오래되었나요?"

3년 정도쯤이요.

자그마한 택시회사랍니다. 사장님이 부모님 친구분이어서요. 사장님이 남동생분과 둘이서 근근이 운영해 온 회사예요. 그런데 동생분이 병으로 돌아가셨어요. 영업 택시가 한 대 비어버린 거죠. 그래서 제가 들어가게 된 거랍니다. 그전까지는 운송회사에서 일하고 있었는데요. 이쪽 일이 더 재미있어 보여서 완전히 그만뒀어요.

"전직하신 거군요. 고민하지는 않았나요?"

회사 규모가 뭐 이래서요. 시간적으로도 원하는 대로 움직일 수 있고 원래 운전을 좋아했거든요. 전 택시 쪽이 적성에 맞더라고요.

"요즘은 경기가 좋지 않잖아요. 힘들지 않으세요?"

벌이가 괜찮다고는 할 수 없어요. 사장님은 매일 죽는 소리를 늘어놓는다니까요. 뭐, 사장님이 걱정하고 제가 아등바등해 봤자 상황이 나아질 리는 없잖아요. 저로서는 지금 회사가 망하면 또 다른 직업을 찾으면 된다는 마음가짐이어서 태평하지만요.

"젊으니까요. 자유롭죠."

마음이 편해요. 가정이 있다면 몰라도 아직 독신이니까요.

*

어느 날, 유리아 씨를 태워다 주고 나자 벌써 날이 밝아왔다. 그리고 나는 그 도시락 가게를 발견했다.

처마 끝에 달아놓은 연노란색 차양. 상당히 꾀죄죄한 상태지만 원래는 크림 비슷한 색이었으리라. 언뜻 보면 도시락 가게 같지 않고 케이크 가게처럼 보이는 구조다. 하지만 쇼케이스 안에는 도시락이 진열되어 있고 우악스러운 생김새의 할아버지가 우뚝 버티고 서 있었다.

별난 가게네. 그런 생각이 들었으나 배가 고팠던 터라 함박스테이크 도시락을 사봤다. 갓길에 세워둔 차 안에서 바로 먹었다. 아무런 기대도 하지 않았는데 맛있었다.

그날 이후, 자주 그 도시락 가게에 다니게 되었다.

대체로 아침에 간다. 유리아 씨를 내려준 뒤 첫 손님으로 도시락을 산다. 첫날 이후로 차 안에서는 먹지 않는다. 집에서 먹고 잔다. 급히 삼키지 않고 천천히 음미하고 싶어서다.

함박스테이크 도시락뿐만 아니라 이것저것 먹었다. 연어구이 도시락도, 닭튀김 도시락도, 김 도시락도, 불고기 도시락도, 무엇이든 훌륭하다.

"거스름돈, 이백만 엔이올시다."

할아버지는 무뚝뚝한 표정으로 썰렁한 농담을 했다.

별난 가게와 어울리는 특이한 할아버지였다.

유리아 씨의 호출이 없어진 뒤로는 멀리 돌아가는 한이 있어도 일주일에 한 번은 도시락을 사러 오게 되었다.

할아버지가 아닌, 그녀가 가게를 지키게 된 건 올해 들어서다. 바로 최근의 일이다. 할아버지가 있던 시절에는 포인트 카드가 없었다.

"늘 감사합니다. 가게의 포인트 카드인데요. 사용 부탁드려요."

그녀가 건네주었다.

"다 모으면 뭔가 받을 수 있나요?"

나는 물어보았다.

"네."

그녀의 대답은 그뿐이었다. 그랬다. 할아버지처럼 그녀도 결코 붙임성이 있다고는 할 수 없었다.

하지만 나는 가게에 갈 때마다 그녀에게 이런저런 말을 걸게 되었다.

그녀의 웃는 얼굴을 보고 싶었다.

그녀가 웃어주면 그것만으로 나도 기운이 났다.

*

원래 저는 그다지 깊이 고민하는 성격이 아니에요. 느긋하고 걱정도 없는 데다 털털하죠.

"태평한 성격이라니, 좋네요."

그런가요? 어머니한테는 자주 혼났어요. 조금은 진지하게 생각해 봐라. 털털한 것도 정도가 있지 않냐, 라면서요.

"털털한 게 최고죠."

하하하, 그렇습니까? 하하하하.

"제 딸은 너무 생각이 많은 아이예요. 그때는 이랬으면 좋았을걸. 그날 그러지 말았어야 했는데. 지난 일을 언제까지고 곱씹으면서 괴로워하죠."

고지식하군요. 저랑은 정반대네요.

"기사님은 과거의 일을 떠올리면서 의기소침한 적이 없나요?"

그렇죠. 거의 없어요.

"그런 선택을 해버렸지만 이쪽으로 했다면 좋았을 텐데, 라든가. 두고두고 후회한 적은요?"

그야 있죠. 하지만 식사 메뉴를 고를 때 정도랄까요. 아무 생각 없이 서서 먹는 메밀국숫집에 들어갔다가, 오늘은

라면을 먹을걸, 할 때는 있죠.

어?
이런 이야기, 예전에도 나눈 적이 있었는데.

*

맞다.
도시락 가게의 그녀와 그런 이야기를 했다.
"늘 후회만 해요."
그녀는 그렇게 말했다.
어쩌다 그런 이야기를 하게 되었더라.
맞다, 도시락 가게의 주인인 할아버지 이야기를 하면서
부터였던가.
"아버지의 몸 상태가 나빠지기 전에 가게를 좀 더 도와
드렸어야 했어요. 결국 입원할 때까지 그러지 못했죠."
그녀는 한숨을 내쉬고 있었다.
"언제나, 늘 후회뿐이에요."
"하지만 지금은 이렇게 아버지의 빈자리를 지키고 있잖
아요."

나는 말했다.

"훌륭히 가게의 맛을 지켜내고 있잖아요?"

나는 진심으로 그 부분에 대해 감탄하고 있었다. 그녀가 만드는 함박스테이크도, 닭튀김도 할아버지 때의 맛과 거의 변함이 없다. 그야, 반찬으로 딸려 나오는 달걀 프라이가 좀 달다든가 톳조림이 매콤하다든가 감자샐러드의 마요네즈가 진한 편이기는 하지만, 그런 것쯤은 사소한 문제에 지나지 않는다.

"후회 같은 건 할 필요가 없어요."

"손님은 후회한 적이 없나요?"

"없어요."

나는 가슴을 폈다.

"굳이 있다면 식사 메뉴를 고를 때려나."

"식사요?"

"된장버터라면에 차슈* 곱빼기를 토핑으로 주문한 뒤, '아뿔싸, 역시 오늘은 츠케멘**에 삶은 달걀을 먹었어야 했는데.' 정도는 후회한 적이 있죠. 사실 후회라고 할 것까진

•   돼지고기를 양념에 재워 구워낸 것으로 라면에 고명으로 올려 먹곤 함.

••   라면 면발을 국물에 찍어 먹는 국수 요리.

없지만요."

그녀는 피식 웃었다.

"그럴 수 있다면 좋겠네요."

"된장버터라면은 그 나름대로 맛을 즐기는 거예요. 챠슈도 맛있잖아요."

"그렇죠. 하지만 전 츠케멘이 계속 생각날 거예요. 피곤한 성격이죠."

"다음 날 먹으면 되잖아요."

"맞아요. 하지만 다음 날에는 그 가게가 사라져버릴지도 모르죠."

그녀는 심각한 얼굴로 되돌아갔다.

"그 가게의 츠케멘은 두 번 다시 먹을 수 없게 되는 거죠. 그런 일은 엄청 많으니까."

"그런가요."

나는 그녀에게 어떻게든 힘을 북돋아 주고 싶었다.

"그렇다면 다른 가게를 찾으면 되지 않을까요? 맛있는 가게는 세상에 얼마든지 있으니까요."

"저는 그 가게의 그 맛만 고집하고 말아요."

"이해는 하는데요. 그럼 그 가게와 비슷한 맛을 찾는 거예요."

"찾는다고요?"

그녀는 고개를 갸우뚱했다.

"찾을 수 있을까요."

"물론 당장은 힘들겠죠. 찾을 때까지 긴 여행이 될 거예요. 찾아 나가면서 차례로 새로운 맛에 도전하는 거예요. 그것 자체가 즐겁게 느껴지지 않을까요?"

나는 적당한 말을 늘어놓고 있었다. 그러는 사이에 스스로도 영문을 알 수 없는 지경이 되었다.

"그래서 점점 츠케멘 전문가가 되어가는 자신을 깨닫는 거죠. 츠케멘 퀘스트랄까요."

그녀가 웃기 시작했다.

"여행이 끝날 즈음엔 후회도 말끔히 사라졌을 거예요."

"손님은 재미있는 분이네요."

웃어주었다.

그녀가 조금이라도 기운을 차린다면 나는 만족스러웠다.

*

"사실 말이죠, 제 남편도 택시 운전을 했었답니다."

오호, 그러셨어요?

"이렇게 비 오는 날에 만났어요."

그래요, 그러셨군요.

오, 비가 좀 잦아든 것 같네요.

"이런저런 사정이 있어서 당시에 전 고민이 많았죠."

고민이라면 일과 관련된 문제인가요, 아니면 집안일인
가요?

"둘 다였어요."

힘드셨겠네요.

"어느 양과자점에서 일하고 있었어요."

판매하는 일이었나요?

"만드는 일이요. 슈크림과 푸딩이 유명한 가게였죠."

파티시에셨군요. 멋지네요, 영어 이름의 직업이라니. 그
야 뭐, 제 일도 영어 이름이긴 하지만요. 택시 드라이버.

"오너 셰프가 개성적인 사람이었는데 종업원 모두가 수
준 높은 일을 한다는 자부심으로 가득 찬 직장이었어요."

열정이 넘치는 일터였네요.

"매일매일 오너 셰프의 혹독한 질책이 있었는데, 미팅
때마다 한 사람을 콕 집어서 눈물을 쏙 뺄 때까지 반성하

게 만드는 거예요. 종업원 여럿이 마음의 병을 얻어서 그만 뒀죠."

열정이 넘치는 게 아니라 숨이 턱 막히네요, 그 오너 셰프.

"어느 아침이었어요. 현관에서 신발을 신으려고 몸을 숙이는데 일어설 수가 없는 거예요. 애써 움직이려고 했더니 눈물이 핑 터졌죠. 너무 지쳐있었던 거예요."

손님의 마음이 다급한 신호를 보내고 있었네요. 그런 직장은 한시라도 빨리 그만둬야 해요.

"그만두고 싶다고 부모님에게 말했어요. 그랬더니 곧장 나무라셨죠. 일단 하겠다고 결심한 일을 쉽게 내동댕이친다니, 넌 패기라곤 없는 겁쟁이구나. 옛날부터 그랬어, 라면서요."

엄격한 부모님이시네요.

"까다로운 분들이었죠."

손님의 부모님께는 죄송하지만 분위기 파악을 좀 하시라고 말씀드리고 싶네요. 딸이 힘들어하는 게 보이지 않는 걸까요.

"그런 분들이에요. 세간에 보이는 체면을 중요하게 여겼으니까요. 그 나름대로 이름이 알려진 양과자점이었으니, 그만두는 건 체면이 안 서는 일이라고 생각하셨겠죠."

손님의 부모님께는 죄송하지만 속 터지는 어르신들이 네요.

"그런 부모라는 건 알고 있었지만 당시에는 속수무책으로 몰아붙이는 거예요. 그래서 그날 밤, 그만 집을 나와 버렸어요. 처음에는 친구가 사는 맨션에 갈 작정으로 택시를 잡아탔어요. 그런데 택시 안에서 친구에게 전화를 걸어도 받지 않았어요. 친구가 사는 맨션 앞까지 갔는데 전화를 안 받는 거예요. 밖에서 봤을 때는 친구 방에 불이 켜져 있는 게 창문으로 보였어요. 그런데도 전화는 안 받았죠. 그렇다면 전화를 못 받는, 받고 싶지 않은 사정이 있다는 거잖아요. 그래서 마음을 바꿨어요. 사실 그 친구 말고는 부탁할 사람도 곧장 떠오르지 않았고 시간도 거의 한밤중이었기 때문에 24시간 영업하는 식당에라도 갈 생각이었어요. 친구 맨션에서 가장 가까운 역 앞에 분명 있을 거라 생각했죠. 그 가게 앞에서 내려달라고 말했어요. 그랬더니 그 가게, 인테리어 공사 중이어서 문을 닫았더라고요. 운이 없을 때가 있잖아요."

맞아요. 저도 그런 적 있어요. 좋아하는 여자랑 데이트하려고 항간에 인기 있다는 멋진 카페에 데려갔는데 이미 망했더라고요. 인터넷에서 검색했을 때는 문을 닫았다는 정보 같은 건 안 보였는데, 수수께끼였죠. 그 때문만은 아니었겠지만 여자 친구와는 결국 잘 안됐어요.

"그 밖에도 얼마든지 밤샘 영업을 하는 가게는 있죠. 거기로 갈 생각에 떠오르는 곳으로 행선지를 변경했어요. S다리 바로 앞으로 가달라고 기사님한테 말했어요. 택시는 다시 달리기 시작했고 창밖으로 흘러가는 밤거리를 바라보는 사이에 마음이 점점 차분해졌어요. 부모님에게서 도망칠 수밖에 없다. 친구한테 거절당한 지금, 난 대체 어떻게 하면 좋을까. 식당에서 밤을 지새운들 아침이 온다고 해서 뭐가 달라질까. 나 같은 건 사라지는 편이 낫지 않을까. S다리에서 강으로 뛰어드는 편이 낫겠다 싶었어요."

그건 좋은 생각이 아니네요. 좋지 않아요.

"맞아요. 당시에도 기사님이 말을 걸어왔어요. 손님, 섣부른 생각은 그만두세요, 라고."

마치 마음을 읽은 것 같네요.

"그 기사님이 훗날의 남편이에요."

드라마 같네요. 남편분, 손님에게서 어지간히 심상치 않은 분위기를 느낀 걸까요. 육감이 좋으시네요.

"육감 같은 게 아니에요."

네?

"남편은 신기한 능력이 있었어요."

능력…이요?

"일종의 초능력자라고 해도 좋겠죠."

*

우와.

뭐야 이거.

지금 웃어야 하는 건가. 아냐, 웃었다간 곤란해질 것 같
은데. 정상으로 보이는데, 이 여자 꽤나 정신이 어떻게 된
건가.

하지만 입 밖에 낼 수는 없다. 고객서비스라고, 고객서
비스.

*

"기사님이 무슨 생각을 하시는지 알아요. 이상한 여자
라고 생각하셨죠?"

하하하하하, 그럴 리가요. 하하하하하하.

비가 강해지네요. 가랑비로 바뀌었어요.

"그렇지만요, 남편은 그저 육감이 좋은 게 아니었어요."

아하하.

"학교를 졸업한 뒤 처음엔 건설회사에 취직했지만, 그다지 적성에 맞지 않아 그만두고 몇몇 직업을 전전하다가 택시 운전기사로 정착했어요. 택시라는 직업이 가장 자기와 맞는 일이라고 했죠."

그런 부분에서는 저랑 비슷하다고 할 수 있겠네요.

"영업 실적이 굉장히 좋았어요."

그렇다면 저와는 그리 비슷하진 않네요.

"지금 어느 지점에서 손님이 기다리고 있는지 단번에 알 수 있대요."

아, 어떤 느낌인지 알 것도 같아요. 저의 경우는 대개 빗나가지만요.

"도로 사정 같은 경우도 저쪽은 막힌다든가 이쪽이라면 텅 비어 있다든가, 척척 감이 온대요."

편리하네요. 하지만 그런 정보는 검색으로도 가능하잖아요.

"요즘 시대야 그렇죠. 남편이 이 일을 시작할 당시에는 상황이 달랐어요. 꽤 도움이 된 것 같아요."

일부러 검색하지 않아도 번뜩이듯 척척 감이 온다면 지금이라도 편리하겠는데요. 그런 능력은 저도 갖고 싶네요.

"손님이 먼 거리의 낯선 행선지를 말해도 헤매는 법이 없었어요. 지도를 안 봐도 다음 도로에서 어느 쪽으로 꺾으면 될지 망설임 없이 아는 거죠."

뇌 속에 내비게이션이라도 탑재되어 있는 느낌인가요? 편리하네요. 저도 갖고 싶어요.

"택시 일 외에는 도움이 안 되는 능력이라며 남편은 투덜거렸지만, 그렇지도 않았어요. 처음 만난 밤에 제 마음을 읽어낸 것처럼 그 이후에도 쭉 제게 마음을 써주었으니까요."

다정한 남편이시네요.

"느닷없이 뭔가 먹고 싶을 때가 있잖아요, 슈크림이라든가 푸딩이라든가."

네, 있죠. 감자칩이라든가 쇠고기덮밥이라든가, 한밤중에 갑자기 너무 먹고 싶어지곤 하죠. 그래서 먹고 나면 속이 쓰리고 살이 찌지만요. 저 같은 경우에는요.

그렇긴 해도 슈크림이랑 푸딩을 직접 만드신다니, 더 좋아하시긴 하겠네요.

"좋아해요. 커스터드 크림이 들어간 과자류는 사족을

못 쓰죠. 양과자점에서 일을 배우려고 한 것도 먹고 싶다는 마음 때문이었어요."

저도 좋아한답니다. 크림빵에 환장하죠. 만들어볼 생각은 꿈도 안 꾸지만.

"그럴 때 남편은 어김없이 제가 먹고 싶었던 것을 사다 줬어요. 저는 아무 말도 하지 않았는데 말이죠."

대단하네요.

"맞아요. 대단한 능력이에요."

대단해요. 능력이라기보다 배려나 추측일지도 모른다는 생각도 들지만요.

"초능력이에요. 이거야, 하고 생각했던 음식을 딱 맞춘다니까요. 배려나 추측을 넘어서는 거예요."

흐음, 그럴지도 모르겠네요.

하지만 손님이 슈크림이랑 푸딩을 좋아하시니까 불현듯 먹고 싶어지는 때가 있다는 걸 남편분이 잘 아시는 것뿐일 수도 있잖아요.

"제가 진짜 대단하다고 감탄했더니 남편이 진지한 얼굴

로 말했어요. 실은 자기네 집안은 음양사*의 후손이라고."

음양사…라는 말씀인가요.

*

장난 아닌데.

이 여자뿐만 아니라 남편도 상당히 제정신이 아닌 것
같다.

*

"기사님이 무슨 생각을 하시는지 다 알아요."

눈치채셨나요. 하하하하.

"저 역시도 안 믿었으니까요."

하하하하하하, 남편분뿐만 아니라 손님도 초능력이 있
는 거 아닌가요. 하하하하하.

"남편은 진지한 얼굴로 농담을 하는 사람이라서요. 진

•　고대 일본의 관직 중 하나로, 음양오행사상에 근거한 음양도에 따라 점을 치
거나 잡귀를 쫓고 풍수지리를 관장하는 역할을 함.

짜인지 아닌지는 모르겠어요."

농담이겠죠. 안심했습니다.

"어쩌면 신비한 능력이라는 게 그저 알아차리지 못하는 것일 뿐 의외로 많은 사람이 가지고 있는 건 아닐까요. 그렇게 생각하지 않으세요?"

그러고 보니 저도 어릴 적 방 한구석을 응시하며 '저쪽에 모르는 아저씨가 있어.'라든가 '할머니가 앉아 있어.'라는 말을 꺼내서 어머니를 무섭게 한 적이 있대요. 이 아이는 영적으로 예민한가 보다고, 어머니는 심각하게 고민하셨대요. 사실 전혀 기억나지 않지만요. 영적으로 예민한 것도 자라면서 말끔히 사라졌어요, 저 같은 경우에는요.

"하지만 배려든 추측이든 특수한 능력이든, 어느 쪽이든 똑같을지도 몰라요. 제 기분을 존중하고 기쁘게 해주려고 하죠. 남편을 만나기 전까지 제 인생에 그런 사람은 없었어요. 기뻤죠."

이해해요. 자기를 걱정해 주는 마음이라. 그걸 깨닫는 것만으로 가슴 언저리가 따뜻해지잖아요.

"맞아요, 그것만으로도 살아있어서 다행이라는 생각이 드니까요."

저도 좋아하는 여자는 기쁘게 해주고 싶네요.

"그래서 생각 없이 밤늦은 시간에도 푸딩과 슈크림을 먹어대는 통에 결혼하고 난 뒤 상당히 살이 쪘어요."

에이, 아니에요. 그렇게 뚱뚱하지 않으신데요, 손님.

"딸을 낳고 나서는 살이 더 쪘어요."

전혀 아니에요, 그렇게 안 보인다니까요, 손님.

"밤에 단 걸 먹으면 어째서 그렇게 맛있을까요. 먹는 동안에는 정말 행복해요. 마음 깊은 곳에서 행복이 느껴지죠. 그런데 다 먹고 나면 엄청난 죄책감에 휩싸여요."

또 살찌겠군. 저질러버렸네, 하고 생각하죠.

"아주 어렸을 땐 살이 찌든 몸에 좋든 나쁘든 신경 안 쓴 채 먹고 난 뒤에도 무척 행복했었는데."

그러게요. 어른이 된다는 건 괴로운 일이네요.

*

행복하게 해주고 싶다.

나한테 그런 존재는 바로 그녀겠지.

이름도 모르는, 도시락 가게의 그녀.

어느새 그런 생각을 하게 되었다.

*

"남편의 말이 완전히 거짓말은 아니지 않을까. 믿음이 커진 건 딸이 태어난 뒤였어요. 아기였을 때는 몰랐는데, 딸아이가 사물을 대강 인식하게 되면서 입을 떼고 걷기 시작할 무렵이었죠."

역시, 특수한 능력이 있었나요?

"남편과 똑같이 상대의 마음을 읽어내는 아이였어요. 내 컨디션이 안 좋기라도 하면 굉장히 걱정해 주곤 했죠."

착한 아이네요.

"정말 착해요. '어디 아파?' '힘들어?'라며 물어보고는 '아픈 것들은 다 날아가라.' 하고 말해주죠. 그러고는 소소한 선물을 주는 거예요."

선물이요?

"예쁜 돌이라든가 종잇조각이라든가, 어딘가에서 주워 온 듯한 물건뿐이었어요. 하지만 그걸 보면 내가 아이였을 때의 이런저런 일이 떠올라서 안심하게 되는 거예요. 위로받는 거죠. 이상하게 들리겠지만 정말이에요."

*

나도 모르는 사이에?

아니다. 그날부터였으리라.

그녀에게 포인트 카드를 받은 날.

*

"늘 감사합니다. 가게의 포인트 카드인데요. 사용 부탁
드려요."

건네받으면서 순간 의아한 표정을 지었던 모양이다.

"괜찮으세요?"

그녀는 미간을 찌푸리며 물었다.

"네?"

"얼굴색이 납빛이어서요. 괜찮으세요?"

그날 아침의 나는 확실히 지쳐있었다.

새벽 1시가 지났을 무렵에 태운 손님이 최악이었다.

"T동네 2번가. M아파트로 가줘."

오십 대 후반쯤의 양복 차림을 한 아저씨. 상당히 취해
있었다.

"네. K도로로 가면 될까요?"

"그런 것쯤은 스스로 생각하라고. 프로잖아, 당신."

뭐라는 거야, 이 빌어먹을 늙은이가. 그렇고말고, 이 몸은 프로 운전기사지. 하지만 너 같은 인간은 손님도 아냐. 썩 내리라고.

그러나 상대는 어지간히 취한 상태였다. 어쩔 수 없이 차를 출발해야 했다.

빌어먹을 늙은이, 아니 손님은 출발한 지 5분도 지나지 않아 뒷좌석에서 곯아떨어졌다. 한밤중 K도로는 텅 비어 있어서 택시는 나는 듯한 속도로 T동네 2번가에 도착했다. M아파트도 금방 찾았다.

"손님, 도착했습니다."

아파트 입구 앞에 정차하고 말을 걸었다.

"손님."

영감탱이가 고개를 처박은 채 요란스레 꾸벅꾸벅 졸기만 할 뿐 일어날 기미가 보이지 않았다.

"손님, 일어나세요. 손님, 일어나요. 일어나라니까. 죽여버린다, 이 새끼야."

호칭이 점점 이를 가는 소리로 바뀌었다. 점잖은 손님이면 몰라도 저렇게나 술버릇이 나쁜 늙은이 아닌가. 억지로 흔들어 깨웠다가는 말썽에 휘말릴 수도 있다. 나는 가까운 파출소로 차를 돌릴 수밖에 없었다.

경찰이 보는 앞에서 늙은이를 깨워야지.

그런데 파출소에 사람이 없었다. 나는 30분이 넘게 경찰이 순찰을 마치고 돌아오기를 기다려야 했다. 늙은이의 편안한 숨소리를 들으면서 30분이나 기다린 것이다. 네놈 때문에 애먼 시간만 낭비해야 하잖아. 두 배로 속이 뒤집혔다.

겨우 모습을 드러낸 경찰을 앞에 둔 채 나는 늙은이의 어깨를 붙잡고 격렬하게 흔들었다. 깨운다기보다 살충제 스프레이를 흔드는 것처럼 거친 움직임이었다는 건 부정할 수 없다.

"으음."

늙은이가 눈을 떴다.

"여기가 어디야."

경찰이 시야에 들어온 모양이다.

"왜 경찰이 있는 거야."

크게 떠들어댔다.

"어째서 내가 체포당해야 하냐고. 이거 불법이잖아."

경찰과 둘이서 늙은이에게 상황을 설명하는 데 또 30분이 걸렸다.

내게는 확실히 살충 스프레이로 퇴치해 주고 싶은 바퀴
벌레 같은 늙은이였다.

몸과 마음 모두 에너지가 고갈된 상태였다. 어지간히
형편없는 표정을 하고 있었겠지.

"포인트 카드…요?"

정신 차려. 바퀴벌레 늙은이의 일 따위는 잊어버리라
고. 그녀와는 상관없는 일이잖아.

"다 모으면 뭔가 받을 수 있나요?"

그녀는 내 얼굴을 바라보며 살짝 웃어주었다.

"네."

음모를 꾸미는 듯한 의미심장한 웃음.

아, 하고 목소리가 새어 나올 뻔했다.

이 여자는 이런 표정도 짓는구나.

더 웃었으면 좋겠다.

좀 더 이 웃는 얼굴을 보고 싶다.

그렇게 바라게 된 건 그 순간부터였을지도 모른다.

*

"딸아이는 타인이 가진 마음의 무거운 짐이나 후회를 조금이라도 덜어줄 수 있어요. 그런 능력을 타고난 건지도 몰라요."

좋은데요. 저도 그런 능력이 있었으면 좋겠네요.

"하지만 자기가 지닌 마음의 무거운 짐이나 후회는 어쩌지 못해요."

그럴지도 모르겠네요.

*

후회라.

나한테 그런 게 있다면 그녀를 제대로 웃게 해주지 못했을 때려나.

"안녕히 가세요."

그녀가 나와 시선을 마주치지도 않고 고개를 숙인 채 그렇게 말하면, 쓸쓸한 듯한 얼굴로 배웅하면 내 가슴은 꽉 막힌다.

다음에 만나면 좀 더 재미난 말을 해서 그녀를 웃게 해

주고 싶다.

다음번에는 꼭 만회하고 싶다.

다음번에는 부디 그녀에게 뭔가 해주고 싶다.

그녀가 기뻐할 만한 무언가.

그래.

그녀 마음의 무거운 짐을, 후회를 없애버릴 만한 무언가.

그럴 수만 있다면 굉장히 마음이 따뜻해질 것 같은데.

*

"K동네에 슬슬 다 와 가네요."

네, 이제 곧이에요. 비도 그친 것 같아요.

"K동네로 이사를 온 건 딸아이가 초등학교 3학년 때예요. 1층이 가게이고 2층과 3층이 주거 공간인 집을 남편이 찾고 있었어요."

가게요?

"네. 양과자점을 여는 게 제 꿈이었어요. 남편에게는 말하지 않고 딸아이에게만 옛날이야기처럼 들려주던, 꿈속의 꿈이었죠. 그런데 역시나 남편은 헤아려줘서, 어느 날 갑자기 그러는 거예요. 좋은 건물이 나왔다고. 봐요, 능력 맞죠?"

암요, 그렇고말고요. 고집 있으시네요, 손님.

"양과자점을 열면 남편도 택시회사를 그만두고 도와주겠다고 했어요."

역시나 양과자점도 고집하셨군요.

"슈크림이랑 푸딩을 중심으로 한 가게예요."

그 부분은 양보할 수 없겠네요.

"밤에 아무리 먹어도 살찌지 않는, 마법의 커스터드 크림으로 만든 과자를 파는 가게. 먹어도 먹어도 후회나 죄책감이 들지 않고 행복한 느낌만 맛볼 수 있는, 세상에서 제일 달달한 과자."

굉장한데요. 그런 과자가 있나요?

"없죠."

그렇겠죠.

"원래 딸아이한테 이야기해 왔던 건 그런 가게였어요. 옛날이야기였으니까요. 하지만 실제로 가게를 열려고 하니까 그런 과자는 만들 수가 없는 거예요. 그야, 단맛과 버터를 줄이고 칼로리를 낮춘 레시피도 검토는 해봤지만, 그런 걸 먹어봤자 죄책감이 없는 대신 행복한 느낌도 없잖아요."

그럴지도 모르겠네요.

"차라리 죄책감 덩어리라고 할 수 있을 만큼 달고 버터가 듬뿍 들어간 고칼로리 과자가 낫겠다고, 그런 가게로 해버리자는 방침에 이르렀어요."

깔끔한 맛보다 돼지 뼈를 우려낸 진한 맛 쪽이네요. 저도 그게 좋아요.

"딸아이가 초등학교 4학년이 되던 봄에 가게를 열 준비를 시작했어요. 매장 인테리어를 새롭게 단장하고 쇼케이스를 들여놓고 주방 설비를 갖췄죠."

즐거우셨겠어요.

"그러다 사고가 났어요."

사고요?

"어머나, 벌써 언덕 위에 도착했네요. 저 도시락 가게로 가는 길을 척척 알고 있는 기사님은 처음이에요."

그럴지도 모르죠. 조금은 찾기 힘들거든요. 이 언덕길은 일방통행이니까 W교차점 코앞에서 꺾어 우회전해야만 해요.

"지금껏 몇 번이나 집에 돌아오려고 했어요. 하지만 기사님은 늘 길을 헤매고 말았죠."

몇 번이나요?

"미련이 남았죠. 가게 일도 그렇지만 가장 마음에 걸렸던 건 도시락이었어요."

네? 도시락이요?

"딸아이의 소풍 도시락을 만들어줘야 했는데. 그게 내내 마음에 걸렸어요. 이상한 일이죠. 너무 도시락에 신경을 쓴 탓일까요. 남편에게도 그게 전해졌던 모양이에요. 하지만 그 사람에게는 드물게도 살짝 요점이 어긋나버렸어요. 역시 제가 여기에 있던 때처럼은 안 되더군요."

저기, 말씀의 요지가 잘 이해가 안 되는데요.

"제가 오로지 가게 일에만 정신이 팔려있었던 것도 잘못이었어요. 딸아이는 외로웠을 거예요. 당시, 학교에서 돌아온 딸아이를 상대해 주기는 했지만 늘 건성이었죠. 적어도 도시락 정도는 딸아이가 좋아하는 반찬으로만 가득 담은, 맛있는 음식을 만들어주자. 그렇게 생각했는데 중요한 걸 잊어버리기나 하고. 그야 딸아이도 화날 만했어요."

따님이 화를 냈군요, 하아.

"줄곧 도시락에 관한 생각으로 머릿속이 꽉 차 있었어

요. 집에 가서 빨리 도시락을 만들어야만 한다고. 어서 집에 가야 한다는 생각에 초조해하면서 택시를 기다렸어요. 겨우 택시를 잡아도 기사님이 길을 모르는 거예요. 그렇게 헤매는 사이에 시간이 끝나고 말아요."

시간이 끝난다고요?

"날이 밝기 전에 새벽녘쯤 가게가 문을 열 무렵까지는 집으로 돌아가야만 해요. 그게 규칙이니까요."

규칙…이라는 거죠, 아아.

"언제나 어김없이 시간이 끝나버려서 집에 당도할 수가 없는 거예요. 그게 늘 반복됐죠. 기사님 덕분에 마침내 돌아갈 수 있게 되었어요. 고맙습니다."

무슨 말씀이신지 전혀 모르겠지만, 어쨌든 천만의 말씀입니다.

아, 도시락 가게가 보이네요. 가게 앞에 곧 도착합니다. 거기에서 내려드리면 될까요?

"그렇게 해주세요."

하늘이 점점 밝아졌다. 구름이 걷혔다. 오늘은 이대로 쭉 날이 맑으려나.

셔터가 열려 있네요. 도시락 가게, 막 문을 열었나 봐요. 하지만 별난 도시락 가게예요. 처마 끝에 연노란색 프

릴이 달린 게 꼭 케이크 가게 같잖아요.

그러고 보니 전 이 가게 이름을 모르고 있었네요. 도시락 가게라고만 알고 있었어요. 처마 끝에 뭔가 쓰여 있지만 읽어본 적이 없거든요.

"기사님."

네?

"딸아이에게 전해 주시겠어요. 넌 잘못이 없다고. 조금도 잘못한 게 없다고요. 그러니 앞을 향해 살아가라고 말이에요."

네?

"제가 그렇게 말하더라고 딸아이에게 전해 주세요."

따님이라는 분이 누구신데요?

"'커스터드'의 딸이에요. 여기까지의 택시비는 딸아이에게 받아주세요. 신세 많았습니다."

손님?

손님?

뭐지?

없다.

*

……꽤 오래전에 우리 회사 사장님이 이런 말을 한 적이 있었다.

Y터널 근처에는 유령이 나온다는 소문이 있다고.

그 여자 손님, Y터널 바로 앞에서 기다리고 있었는데.

택시를 세우려고 들어 올린 손이 내 눈앞으로 스윽 뻗어 나왔었지.

으아악.

*

나는 운전석을 박차고 나갔다.

도시락 가게의 안쪽, 쇼케이스 너머로 그녀의 모습이 보인다. 나는 가게 안으로 뛰어 들어갔다.

"어서 오세요."

그녀가 눈을 휘둥그레 떴다. 내 얼굴은 분명 핏기가 가셔서 완전히 창백해 보였으리라.

"아."

간신히 목소리가 나왔다.

"아, 아, 안녕하세요."

한심하게도 목구멍이 바싹 마른 데다 목소리는 바들바들 떨고 있었다.

이봐, 진정하라고.

도시락을 사자. 그럴 생각이었으니까.

오늘로써 포인트를 다 모으게 된다. 기대하고 있었잖아.

"무슨 일 있으세요?"

이봐, 진정하라니까. 생각을 하자.

뭘 먹지. 어떤 도시락으로 할까.

포인트는 다 모았다. 대체 뭘 주는 건가요?

아무리 생각하려 해도 내 머릿속은 전혀 식욕으로 연결되지 않았다. 목구멍이 얼얼하다. 그녀에게 말하고 싶어서 견딜 수 없다.

방금 이 가게 앞까지 유령을 태우고 왔어요오.

말해버릴까. 말해도 될까.

"얼굴이 완전히 창백해요. 괜찮으세요?"

"괘, 괜찮지 않아요."

유령이라고요오. 유령을 태우고 왔다고요오오오오.

그녀는 몸서리칠지도 모른다. 말하면 안 될 것 같은 느낌이다. 하지만 말하고 싶다. 말하지 않고서는 못 견디겠다.

그녀가 들어줬으면 좋겠다. 소름 끼친다 해도 둘이 함께 그러는 편이 낫다.

"목이 쉬었어요. 뭔가 마시는 편이 좋을 것 같은데."

"아아."

물이다, 미친 듯이 물이 마시고 싶다.

"손님, 포인트 거의 다 모으셨잖아요."

그녀가 염려스러운 듯한 말투로 소형 냉장고를 가리켰다.

"포인트가 모이면 물이나 차를 한 병 드려요. 좋아하는 걸로 고르세요."

"아아아."

메마른 목구멍에서 탄성이 새어 나왔다. 훌륭해. 이 무슨 절묘한 타이밍인지. 살면서 이토록 물이 마시고 싶었던 적은 없었다. 그럴 때 물을 권해주는 그녀라니. 너무 훌륭하다.

"물로 할게요. 물 주세요."

그녀는 초능력자일지도 모른다.

페트병 뚜껑을 열고 목구멍으로 물을 흘려보낸다.

*

이야기는 지금부터다.

제 5 장

커스터드

어쩌자고 그런 말을 해버렸을까.

어째서 어제까지의 나날이 내일도 계속될 거라 믿은 걸까.

왜 좀 더 착하게 굴지 못한 거지?

〔고생했다.〕

〔수고.〕

〔오늘은 어땠냐?〕

〔도시락은 다 팔렸어. 주먹밥이 조금 남았고.〕

〔다 파느라 애썼구나. 칭찬하노라.〕

〔포인트를 다 모은 손님이 연달아 세 명 있었어.〕

〔드디어 모았나 보군. 김 도시락 소녀이려나.〕

〔정답. 주먹밥 두 덩이 손님이랑 닭튀김 도시락 손님이랑 김 도시락 소녀.〕

〔음료 한 개도 덤으로 드렸냐?〕

〔응. 좋아하는 음료로 골라가라고 말했어.〕

〔좋아하든?〕

〔다들 싫은 얼굴이었어.〕

〔역시 매력이 없었던 게로군. 경품은 건네줬고?〕

〔나눠줬어.〕

〔반응이 어떻더냐?〕

〔다들 석연찮아 하는 표정이었어.〕

〔그걸로 됐다. 분명 각자 잘 진행될 거다.〕

〔나눠주는 나조차도 석연찮은데?〕

〔괜찮다. 그게 네 능력이니까, 그걸로 된 거야.〕

〔그나저나 경품 상자가 텅 비었어.〕

〔다시 떠오르는 게 있을 때 보충하면 돼.〕

〔네 능력이다. 스스로를 믿어라.〕

1

저녁 무렵, 아버지와 문자를 주고받은 뒤 시계를 봤다. 6시가 지나고 있었다.

종일 답답하기만 한 흐린 날이었지만 여전히 밖은 밝았다. 날이 저무는 속도가 꽤 늦어졌다.

5월. 빨리 지나가 버려라, 5월아. 내가 일 년 중에 가장 싫어하는 달.

밤부터 비가 올 것 같다. 일기예보로는 그렇다. 5월의 비 내리는 밤이라니, 정말 최악이다. 5월 이 녀석아, 냉큼 지나가 버리고 빨리 장마나 와라. 장마도 좋아하지 않는 데다 손님의 발걸음도 뜸해질 테지만 5월보다야 낫다.

가게 밖으로 나갔다. 두 사람이 겨우 나란히 지나갈 수 있을 만큼 좁다란 보도에 서서 나는 크게 심호흡을 했다.

희미하게 치자나무 꽃향기가 났다. 세 집 옆에 있는 빌딩의 정원수에서 치자나무꽃이 피기 시작한 것이다.

좋은 향기.

도시락은 다 팔렸다. 오늘은 그만 가게를 접어야지.

그리고 텅 빈 경품 상자.

살짝 쓸쓸해진다.

"이제 곧 포인트를 다 모아요. 기대하고 있어요."

'택시 기사 손님', 얼마 전에 왔을 때 그런 말을 했었는데.

경품 가운데 하나는 분명 그 사람 몫이 될 줄 알았는데 예상이 빗나갔다.

경품 상자는 텅 비었다. 그러니 '택시 기사 손님'은 당분간 오지 않을 것이다. 당장 내일 아침에 얼굴을 비추는 일은 없겠지.

그런 법이다.

실망인데.

경품 상자는 계산대 아래에 놓여 있다.

A4 용지 한 다발이 쏙 들어갈 만큼 커다란 나무 상자다. 원래는 소면이 들어 있었다. 아버지의 중학교 시절 친

구인 고바야시 씨가 백중날 선물*로 보내온 것이다.

얼마 전 슈퍼마켓에 장을 보러 갔다가 '아, 이건 경품으로 제격이겠는데.' 하고 영감이 떠올라 사 온 게 고양이용 사료가 담긴 작은 봉지였다. 그리고 백엔숍**에서 어머니날 카드를 발견했을 때도 곧장 느낌이 왔다. 도시락에 쓸 일회용 재료를 사러 도매상점가에 갔다가 막과자 가게에서 미쓰안즈가 담긴 과자봉지를 발견했다. 제각각 사 와서 경품용으로 준비해 둔 크림색 종이봉투에 포장한 뒤 상자 안에 넣어 두었다.

누구를, 어느 손님을 위한 '경품'이 될지는 나도 모르는 상태. 오늘 '주먹밥 두 덩이 손님'과 '닭튀김 도시락', '김 도시락 소녀'의 얼굴을 본 순간 비로소 깨달았다.

아, 이 봉투는 '주먹밥 두 덩이 손님'을 위한 '경품'이구나.

이건 '닭튀김 도시락 손님'을 위한 거고.

이쪽은 '김 도시락 소녀'의 몫이야.

그래서 나는 '경품'을 건넸다. 그걸로 끝. '경품'은 분명

---

* 7~8월경이 되면 신세를 진 상대에게 여름 인사로 선물을 보내는 풍습이 있음.
** 상품 대부분을 백 엔에 판매하는 소매점.

손님들에게 저마다 의미를 지닌 물건이었을 것이다.

물론 봉투를 만져보면 내용물을 짐작할 수 있다.

'주먹밥 두 덩이 손님'에겐 미쓰안즈가 담긴 과자봉지.

'닭튀김 손님'에게는 어머니날 메시지 카드.

'김 도시락 소녀'에게는 고양이용 사료가 담긴 작은 봉지.

나야 영문을 알 수 없을지언정 손님들에게는 필요한 물건이었으리라.

그들의 마음이 조금이나마 개운해졌을까.

좋아해 줬으려나.

*

〔네 능력이니까, 그걸로 충분하다.〕

*

맞아.

아버지 말마따나 그게 내 '능력'인 모양이다.

믿어도 되는 걸까. 별다른 수도 없지만.

"먼 옛날부터 조상 대대로 맥이 끊기는 일 없이 전해져 왔다. 우리 집안의 능력이지."

아버지는 엄숙한 어조로 말하곤 했다.

원래 아버지는 진지한 얼굴로 농담을 던지는 타입이다. 어디까지 믿어도 될지 종잡을 수 없는 면은 있다.

"조상이라니, 누구?"

나는 물었다.

"아베노 세이메이●."

아버지의 대답에는 망설임이 없었다.

"정말이야?"

나는 기겁했다. 엄청 유명한 인물이잖아.

"그의 사촌이었지."

"사촌?"

김샜다. 막 지어낸 이야기 같은데.

"아베노 세이메이의 아버지는 아베노 야스나란 사람이었다. 구즈노하란 이름의 여우와 부부의 인연을 맺은 뒤 세이메이가 태어났지."

"오."

●   10세기 중후반 헤이안 시대에 활약했던 음양사.

한 번쯤 들어봄 직한 전설이다.

"구즈노하에겐 여동생이 있었다."

"오오."

그런 이야기는 들어본 적이 없는데.

"가타쿠리노하란 이름이었지."

"오오오."

더더욱 들어본 적이 없다.

"가타쿠리노하가 부부의 인연을 맺은 뒤 낳은 분이 바로 우리 집안의 시조시란다."

"가타쿠리노하 씨가 부부의 인연을 맺은 분은 이름이 뭔데?"

"그건 전해지지 않아."

"엥?"

그건 중요하지 않다는 건가. 말도 안 돼.

"아베노 야스나와는 달리 신분도 그리 높지 않았으니 이름도 알려지지 않았던 게지. 귀족계급도 무사 가문도 아니었던 건 확실해. 기쓰, 라는 성씨도 메이지 시대까지는 숨겨온 모양이더구나."

"뭐가 뭔지."

나는 어이없는 표정으로 웃었다. 수상쩍은 냄새가 나

는데.

성이 기쓰*니까 조상이 여우였다는 소린가?

그런 농담에서 탄생한 전설일 가능성도 있겠네. 어쨌든
아버지의 혈통이 그렇다는 거지.

"그러한 연유로 아베노 세이메이의 가문만큼은 아니지
만, 우리 기쓰 가문도 대대로 점술과 주술을 물려받아서
사람들과 접촉하며 목숨을 부지해 왔다는구나."

"점술가였다고?"

"서민파 점술가다. 귀족이나 무사는 아베 가문 쪽이고.
서민은 그 사촌인 기쓰 가문 쪽이지."

"하긴. 요즘 세상에도 흔하잖아. 일류 브랜드 상품에는
유사품이 따라다니는 법이니까."

아버지는 떨떠름한 표정을 지었다.

"진품이랑 기능은 비슷한데 가격은 절반 이하잖아. 짝
퉁 같은 거란 뜻이지?"

"그런 식으로 말하지 마라."

아버지는 더욱 떠름해 보였다.

"믿어라. 우리 가문의 유래는 틀림없는 사실이니까."

•   일본어로 '여우'를 뜻하는 '기쓰네'와 발음이 거의 유사함.

"틀림없다니, 가계도 같은 거라도 있는 거야?"

"없다."

맥 빠졌다.

없단 말이지. 그러면서 뭘 믿으라는 건지.

"증거는 있어?"

"너랑 이 아버지가 이렇게 살아있잖냐. 그 자체가 증거야."

아버지는 당당했다. 물론 조상님이 계신 덕분에 우리가 여기에 존재한다. 그건 사실이겠지만 가타쿠리노하 씨를 전승했다는 증거는 아니지 않나. 누가 속을 줄 알고.

"아무런 증거가 없다고?"

나는 끈덕지게 물고 늘어졌다.

"어지간히도 집요하구나. 문서나 족보는 없지만 말이다. 대대로 이렇게 구전으로 전해져 오고 있지 않냐."

당연하다는 듯 아버지는 더욱 의기양양했다.

"게다가 대대로 우리는 능력도 물려받았지."

맞다, 능력. 내게는 현실감 제로다.

"어떤 능력?"

"나 같은 경우엔 일할 때 상당히 도움을 받았지. 네 엄마와 만날 수 있었던 것도 일 덕분이었으니까. 히나타, 네가 태어난 것도 그 능력 덕분이나 마찬가지야."

예전에 아버지는 택시 운전기사였다. 그 시절에 엄마와 알게 되었다고 한다.

"히나타, 너 역시 능력을 타고났다."

그런 아버지의 말을 나는 거의 믿지 않았다. 아버지가 하는 말을 어떻게 믿겠는가.

"그럴까."

마냥 의심만 했다.

하지만 엄마는 아버지를 믿었다.

"아버지는 별난 사람 같아."

내가 이렇게 말하면 엄마는 웃었다.

"맞아. 근데 재미있잖니?"

"그렇긴 한데."

하지만 상당히 별나다고.

"아버지가 갖고 있다는 능력 말이야, 진짜일까?"

"그럼."

엄마는 딱 잘라 말했다.

"믿는 거야?"

"믿지. 자, 어젯밤 네 아버지가 사 온 슈크림 먹으렴."

엄마는 아버지보다 한참 젊었다. 스무 살쯤 연하였다.

"외할아버지와 나이가 비슷했으니까. 결혼할 때는 완강
히 반대하셨다."

아버지는 말하곤 했다. 그 탓인지 외할아버지와 외할
머니와는 거의 왕래가 없었다. 어차피 내가 초등학교에 들
어갈 무렵에는 두 분 다 이미 돌아가신 상태였지만.

친할아버지와 친할머니와도 만난 적은 없다. 나는 아버
지가 꽤 나이가 들었을 즈음 얻은 딸이었으니 어쩌면 당연
한 일이다. 아버지의 아버지이자 내 친할아버지는 일찍 돌
아가셔서 친할머니가 여자 혼자 힘으로 아버지를 키우셨
다고 했다. 친할아버지와 친할머니 두 분 모두 직업이 점술
가였단다.

"아버지는 젊어서 점술을 익히셨지만 병으로 쓰러지셨
지. 어머니가 그 뒤를 이으셨다."

아버지가 들려준 이야기다.

"아버지는 뒤를 잇지 않았어?"

"점술 공부를 게을리했으니까. 타인에게 영향을 끼칠
만큼 능력도 강하지 않고."

하지만 아버지는 엄마와 결혼했고 엄마는 아버지를 믿
었다. 전혀 영향이 없었던 것 같지는 않은데.

물론 그건 아버지가 지닌 '능력'을 믿는다는 전제가 깔린 이야기다.

"공부했으면 좋았을 텐데. 점술이라는 게, 할아버지랑 할머니가 미래를 예언할 수 있었단 소리야?"

"아마도."

"굉장한 능력이네."

나는 감탄했다.

"왜 공부하지 않은 거야? 그런 능력이 있다면 어디서든 천하무적이잖아. 부자도 될 수 있었을 텐데."

"어리석긴."

아버지는 딱하다는 눈빛으로 나를 바라봤다.

"아버지나 어머니도 그럭저럭 손님이 끊이지 않는 점술가셨다. 하지만 늘 가난했지."

"어째서?"

"자신의 물욕을 채울 요량으로 예언을 하지 않았으니까. 네가 말하는 부자라는 건 그런 의미겠지?"

당연하죠.

"주식이 오를지 내릴지를 예측한다든가 경마나 경정에서 큰돈을 딴다든가, 천박하고 더러운 걸 생각하고 있었겠지?"

제대로 보셨어요. 죄송하네요.

"나도 그랬다."

뭐야. 맥이 탁 풀렸다. 아버지도 다를 바 없었다는 거네.

"공부를 해봤다만 딱하게도 동기가 불순했지. 그래선지 제대로 집중이 되지 않더구나. 어머니에게서 넌 가망이 없다는 말도 들었다. 점술가는 타인의 운명을 읽을 뿐. 그런 일이라고 하셨어."

"과연."

알 것 같기도 모를 것 같기도 했다.

"근데 할아버지랑 할머니의 점술은 어떤 종류였어?"

"아버지는 타로점을 잘 보셨다. 어머니는 수정구슬이었고."

"그게 뭐야."

나는 기가 막혔다.

"타로도 수정구슬도 서양에서 유래한 거잖아."

"그렇지."

"아베노 세이메이랑 전혀 상관없잖아."

"우리 가문은 사촌의 핏줄이라고 말했잖냐. 여하튼 서민파니까 그런 부분에선 너그러운 면이 있었다. 좋게 말하면 진취적 기상이 풍부한 거지."

나쁘게 말하면 줏대가 없다는 뜻이잖아?

생각해 보면 이런 아버지를 좋아하게 된 엄마도 퍽 별난 사람이었던 것 같다.

아버지의 능력 덕분이라는 게 정말일까?

어떤 계기와 과정을 통해 아버지와 엄마는 결혼한 걸까?

엄마에게 물어보고 싶었다. 물어볼 걸 그랬다.

*

엄마는 내가 초등학교 4학년 때 돌아가셨다.

그래서 더는 엄마에게 아무것도 물어볼 수 없다.

2

엄마에게 자주 이런 말을 들었다.

"이미 끝난 일이야. 단념하렴. 앞을 향해 살아가야지."

하지만 나는 뭐든 쉽게 단념하지 못하는 아이였다. 언제까지고 주춤주춤 꾸물대면서 뒤를 돌아보거나 바닥을 바라보며 주눅이 든 채 움직이지 못했다.

지금도 여전하다.

어쩌자고 그런 말을 해버렸을까.

어째서 어제까지의 나날이 내일도 계속될 거라 믿은 걸까.

왜 좀 더 착하게 굴지 못한 거지?

주춤대고 우물우물한 채.

움츠러든다.

*

오후 7시 반, 가게의 셔터를 내렸다. 폐점이다.

우리 집은 목조 3층 건물이다. 1층에는 가게와 조리실이 있고 2층에는 거실 겸 주방이, 3층에는 아버지와 내가 나눠 쓰는 방이 두 칸 있다. 옥상에는 빨래를 너는 공간이 있다.

화장실과 욕실은 1층의 조리실 구석에 있다. 계단이 급경사여서 해마다 할아버지가 되어가는 아버지에게 그리 살기 좋은 환경은 아니다.

하지만 아버지에게는 이사가 가능할 만큼 모아둔 돈도 없을뿐더러 애초에 이사할 마음조차 없어 보였다.

이 집은 엄마의 꿈이었으니까.

오후 8시가 지나면 목욕을 한다.

욕실에 들어가기 전에 휴대폰을 확인했더니 아버지에게서 또 문자가 들어와 있었다.

〔도쿠가와로 성을 바꿔서 드디어 도쿠가와 이에야스가 됐다.〕

아버지는 요즘 요양원에서 대하소설《도쿠가와 이에야스德川家康》를 읽느라 여념이 없다. "칭찬하노라."처럼 전국시

대 무장 같은 말투를 쓰게 된 것도 그 탓이다. 도쿠가와 이에야스의 인생 실황을, 읽은 분량만큼 꾸준히 문자로 내게 보고하고 있다.

〔장군의 탄생.〕

이 문자가 시작이었다.

〔세도 가문에 인질로 잡혀갔네.〕

〔관례를 올리고 새 이름을 받았구나.〕

〔아내를 맞아들였어. 연상의 부인이지. 잡혀 살 것 같은데.〕

〔또 이름을 바꿨어.〕

〔전투가 벌어져서 후퇴 중. 적장이 살벌하다.〕

〔다시 이에야스로 개명.〕

일일이 문자를 보낸다. 사실 그러지 않아도 되는데.

그야, 초등학교 소풍 때 도쿠가와 이에야스의 신사에 참배하러 간 적이 있고 역사 시간에도 도쿠가와 막부에 관해 배우기는 했지만 이 위인의 삶에 딱히 관심은 없다.

"이걸 읽으면서 느긋하게 쉬세요."

《도쿠가와 이에야스》 전집 스물여섯 권을 보낸 이가 나였으니 이에 보답하고 싶은 마음은 알겠지만.

솔직히, 진심으로 필요 없다.

*

쌀쌀한 아침이었다.

"히나타."

침실에서 무척이나 기운 없는 목소리로 아버지가 나를
불렀다.

"왜 그래?"

나는 아버지의 방으로 뛰어 들어갔다.

"병원에 가봐야 할 것 같구나."

잠긴 목소리로 말하더니 아버지는 격렬하게 기침을 해
댔다.

그러고 보니 올 연초부터 아버지의 감기가 떨어지지 않
았다. 기침을 끈질기게 달고 지냈다.

"괜찮아?"

"열이 꽤 나는 것 같다. 못 일어나겠구나."

조금도 괜찮지 않았다. 나는 당황했다.

"구급차 부를게."

"아니다, 그것보다 다시로한테 연락을 넣어줘."

"다시로 씨?"

"고등학교 때 친구다. 바로 근처의 B동네에서 내과를

하고 있어."

아버지에게 연락처를 물어서 나는 다시로 의사 선생님
을 불렀다.

감기가 악화돼서 폐렴이 되었단다. 아버지는 다시로 선
생님이 소개해 준 요양병원에 입원하게 되었다.

뼈저리게 후회했다. 이제 아버지는 할아버지인데. 그동
안 피로가 쌓인 거겠지.

"가게는 당분간 닫아야겠구나."

아버지는 눈을 끔벅거리며 말했다.

"어쩔 수 없지."

아버지는 야위어 있었다. 각진 턱이 한층 뾰족해지고
눈 밑은 퀭해서 원래 무서운 얼굴이 더욱 도드라졌다. 그런
탓에 무척이나 할아버지처럼 보였다.

매일매일 함께 생활해 왔는데 어째서 이렇게 될 때까지
눈치채지 못한 거지.

나는 마음의 무게에 짓눌려 뭉개질 것만 같았다.

그림을 좋아했다. 그 이유만으로 미대에 입학했고 그림
을 그렸다. 졸업한 뒤에는 취직도 하지 않은 채 D동네 문
구점에서 아르바이트를 하고 이따금 그림을 그리면서 우
두커니 지냈다. 올해 들어 아버지의 건강이 그다지 좋지

않은 날이 이어지자 어쩔 수 없이 가게에 나가 있었지만, 그때까지도 전혀 일손을 돕지 않았다.

오히려 가게 일을 돕는 걸 피하고 있었다.

"내가 할게."

나는 말했다.

"맡겨둬. 그러니까 아버지는 안심하고 쉬세요."

"너 혼자서 가능하겠냐."

아버지는 사뭇 불안해 보였다.

"물론이지."

나는 대답했다. 엄마가 돌아가신 뒤 아버지와 함께 이것저것 요리를 해왔다. 닭튀김도, 함박스테이크도 둘이서 완성한 레시피다. 아버지 솜씨와 거의 비슷한 맛을 만들어 낼 수 있다.

"할 수 있어."

사정을 말한 뒤 그때까지 다니던 아르바이트를 그만두고 나는 아버지에게서 가게를 물려받았다.

아버지는 일주일 만에 퇴원했다. 그러나 다시로 선생님이 당분간은 요양하는 편이 좋다고 권했다.

"자네나 나나 젊은 나이가 아니잖나."

그렇게 말하는 다시로 선생님은 백발이 풍성하고 볼은 반들반들 살집이 오른 모습이어서, 홀쭉하게 야윈 아버지보다 열 살은 젊어 보였다.

"쉬게나."

"하지만 가게가 있어서 말이야."

아버지는 떨떠름한 눈치였다.

"일은 제쳐두고 몸을 쉬는 편이 좋다니까. 움직이는 건 상관없네만 일하는 건 안 돼."

"움직이는 거나 일하는 거나 그리 다를 건 없어. 난 도시락 가게를 하잖나. 조리실에 서서 요리만 하는 거야. 중노동도 아니지. 무거운 시멘트 자루를 이고 계단을 오르락내리락하는 일이 아니란 말일세."

"안 된데도."

다시로 선생님은 단호했다.

"움직이는 것만이야. 일하는 건 안 돼."

"사람인변이 붙느냐 아니냐.* 그것뿐이잖나."

"그게 엄청난 차이라니까. 사람인변이 붙느냐 아니냐.

---

* '움직이다'는 뜻의 '動'에서 '사람인변'을 앞에 덧붙이면 '일하다'는 뜻의 '働'이 됨.

246

일하면 안 돼. 움직이는 것만 하게나. 움직이는 것도 당분간은 한숨 돌리는 정도의 산책만이야. 힘에 부치도록 심하게 걸어도 안 돼. 15분에서 20분 정도가 적당해. 젊은 나이가 아니니까."

간곡히 타일러도 아버지는 투덜투덜 반론을 해왔다.

"가게는 어쩌라는 건가."

다시로 선생님이 돌아간 뒤에 나도 설득에 나섰다.

"조금만 더 쉬라니까. 아버지는 할아버지라고."

"다시로도 할아버지다. 손주가 셋이나 있는 진짜 할아버지지. 그런데도 매일 진료하느라 바빠. 게다가 주말에는 골프를 친다. 일하고 있으면서도 계속 움직이고 있지."

아버지는 끝까지 반기를 들었다.

"다시로는 일하면서도 18홀을 즐겁게 돌아다니는데 나한테는 일도 하지 말고 딱 15분만 아장아장 걸으라니. 둘 다 할아버지인데 이 차이는 뭐냐. 왜 그래야 하냔 말이다."

내가 알 바 아니다. 그저 나는 필사적으로 아버지를 굴복시킬 수밖에 없었다.

"금방이야. 아주 잠깐만 참으면서 쉬면 건강해질 거야."

어쨌든 더 이상 무리는 하지 말아줬으면 좋겠다. 오직 그 마음뿐이었다.

"원래대로 회복만 하면 원하는 대로 실컷 일하면 되잖아. 뭣하면 다시로 씨처럼 골프를 시작해 보는 건 어때? 그리고 다시로 씨랑 함께 골프 코스를 즐겁게 걷는 거지."

"골프 같은 건 하고 싶지 않다."

아버지는 발끈했다.

"다시로는 잘 친단 말이야. 그 녀석 집에는 골프대회에서 딴 트로피가 잔뜩 장식돼 있어. 초짜인 내가 다시로와 함께 즐겁게 걸을 수나 있겠냐. 그 녀석 뒤에서 '나이스 샷' 따위나 새된 목소리로 외쳐대겠지. 그러고는 내가 친 공을 숲이나 모래 속에서 마냥 찾는 처지가 될 게 뻔해."

쓸데없이 구체적이다. 아버지는 다시로 씨와 함께 골프를 치러 간 적이 한 번쯤 있었던 건지도 모른다.

어쨌든 그런 건 아무래도 상관없다.

"알았어. 골프는 안 해도 돼."

중요한 건 골프 이야기가 아니다. 아버지의 건강이다.

한 시간 남짓 후 겨우 아버지는 고집을 꺾었다.

"이참에 Q산에라도 가볼까. 촌스러운 온천마을이긴 한데. 대학 시절의 친구인 마쓰모토가 여관을 하고 있지."

"그래그래, 다녀와."

내심 안도했다. 그건 그렇고 아버지는 친구가 많네.

"아주 오래전, 네가 아직 태어나기 전에 네 엄마랑 함께 갔었지."

아버지는 그리운 듯 말했다.

"좋은 곳이었어?"

"산속이야. 마쓰모토가 운영하는 여관과 온천이 있었지."

"그건 알겠는데. 좋은 곳이었냐고."

"산속이라니까. 아무것도 없었다."

아버지의 목소리는 약간 어두워졌다.

"아침에 일어나서 밥 먹고, 온천에 몸을 담갔다가 밥 먹고, 또 온천에 몸을 담갔다가 밥 먹고, 밤엔 잠을 잤지."

으아, 지루하겠는데. 하지만 나는 일부러 모른 척했다.

"우아한 생활이네."

"지루하기 짝이 없었다. 하는 수 없이 마쓰모토한테 보드게임을 빌려서 엄마랑 둘이 마주 앉아 아침부터 밤까지 계속 오셀로를 했지. 그랬더니 엄마의 실력이 굉장히 좋아지고 만 거야. 난 전혀 맞수가 되지 못했지. 엄마를 위해 오셀로 실력 강화 합숙 훈련에 간 기분이었다."

"Q산에 관광명소 같은 건 없어?"

"전혀. 산과 강과 온천. 마쓰모토의 여관과 그 밖의 몇 몇 여관들. 그것뿐이야."

아버지는 허무한 표정이었다.

"다시 가 봤자 아침에 일어나서 밥 먹고, 온천에 몸을 담갔다가 밥 먹고, 밤엔 잠을 자겠지. 그런 나날이 반복되는 거야. 게다가 이번엔 엄마도 없으니 오셀로에서 지는 것도 불가능하겠구나."

"마쓰모토 씨랑 오셀로를 하면 되잖아?"

아버지는 가라앉은 목소리로 대답했다.

"내게는 실력 약화 합숙 훈련이나 마찬가지였으니 지기만 하겠지. 더군다나 마쓰모토는 옛날부터 가위바위보 하나에도 이겼느니 졌느니 하며 열을 올릴 만큼 승부 자체에 진심인 녀석이야. 이겼다고 의기양양해서는 큰소리로 웃을 게 뻔해. 건강이 더 나빠질지도 모른다."

나는 속으로 탄식했다. 정말 못 말리겠네. 여러 가지로 손이 많이 가는 아버지라니까.

"책이라도 읽으면 되지. 언젠가 그랬잖아. 은퇴한 뒤에는 마냥 책이나 읽으며 살고 싶다면서."

"맞다, 책이 있었지."

궁여지책으로 꺼낸 제안이었는데 당첨. 아버지는 눈을 반짝였다.

"어마어마한 대하 장편소설을 독파하는 게 꿈이었다. 굉장히 긴 책을 읽고 싶구나.《다이보사쓰 고개大菩薩峠》라든가《전쟁과 평화》같은 게 좋겠다."

"어마어마한 대하 장편소설이라면 어느 정도로 길어?"

"《전쟁과 평화》는 문고본으로 네 권이지."

"우와."

"《다이보사쓰 고개》는 열여덟 권은 될 거다."

"우와아, 만화책이 아니라 소설이지? 글씨만 있는 거?"

"당연하지. 그것도 페이지 전면이 위에서부터 아래까지 글씨로 꽉 차 있다."

"우와아."

내게는 고행으로만 여겨지는데 아버지는 기뻐 보였다.

"알았어."

나는 고개를 끄덕여 보였다.

"엄청나게 긴 소설을 읽으면 되는 거네."

이틀 후 나는 아버지에게《도쿠가와 이에야스》스물여섯 권을 선물했다.

"다 읽을 때까지 안 돌아와도 돼."

이런 말까지 덧붙였다.

"퍽 생각해 줬구나."

아버지는 앓는 소리를 냈다.

*

오후 8시가 지났다.

어쨌든 지금 아버지는 기나긴 소설을 즐기고 있는 모양이다. 답장은 하지 않은 채 목욕하러 들어갔다.

*

케이크 가게를 경영하는 게 엄마의 꿈이었다.

"자그마한 가게면 돼."

기쁜 듯이 이야기하는 엄마에게, 어린 나는 몇 번이고, 몇 번이고 반복해서 묻곤 했다.

"슈크림이나 푸딩이라든가, 커스터드 크림 파이라든가, 진짜 좋아하는 과자만 쇼케이스에 진열해 놓는 거야."

"맛있겠다."

바닐라 향과 커스터드 크림색으로 가득한 쇼케이스를 상상했다.

"그렇지?"

엄마는 이야기하는 것만으로 행복해 보였다.

"맛있을 거야."

"좋겠다."

"맛있는데 아무리 먹어도 살이 안 찐단다."

"정말 괜찮을까."

아이였던 나로서는 잘 알 수 없는 부분이었다. 어른이 된 지금이야 충분히 이해된다. 엄마는 꽤 통통했다. 앨범을 보면 결혼 전에는 날씬했다가 결혼 후에는 해가 갈수록 포동포동해져 갔다. 그리고 과자를 무척 좋아했다. 냉장고 안에는 항상 '아버지가 선물로 사다 준 슈크림'이나 '아버지가 선물로 사다 준 와플'이 들어 있었는데, 간식 시간이면 꼭 엄마와 함께 먹었다. 여자로서 이런저런 고민이나 갈등도 있었을 텐데.

"꿈일 뿐이지만."

엄마는 그렇게 말하고 작게 한숨을 쉰 뒤 웃었다.

하지만 엄마의 꿈은 아버지에게 그저 꿈이 아니었다.

"야마오카한테 상담받았어."

어느 날 갑자기 엄마의 꿈이 실현되기 시작했다.

"야마오카 씨?"

"부동산에서 일했을 때 알던 친구야."

아버지는 택시 운전기사가 되기 전에 다양한 직업을 가졌던 모양이다. 그리고 역시나 어디서든 친구라는 인맥을 만들었다.

"좋은 물건이 나왔어. 1층은 점포고 2층과 3층이 살림집으로 되어 있다나 봐. 원래는 제조도 겸하던 전통 과자점이었기 때문에 조리실도 있어. 보러 갈까?"

그곳이 바로 아버지와 내가 사는 현재의 이 집이다.

"케이크 가게를 하고 싶다는 꿈, 네 아버지한테는 말한 적이 없었단다."

나중에야 어머니는 내게 가르쳐 주었다.

"아버지는 말이야, 엄마가 바라는 건 뭐든 알아차리고 말아. 굉장한 능력을 지닌 사람이지?"

반짝이는 눈으로 엄마는 말했다.

우리 가족은 이 집으로 이사했다. 초등학교 3학년 3학기* 때였다. 이제껏 다니던 초등학교와는 떨어진 곳이었지만 전학은 하지 않고 전철로 통학하게 되었다.

4학년이 되던 4월에 1층의 인테리어 공사가 시작되었

●   일본은 3학기제를 채택하고 있으며 4월에 1학기가 시작됨.

다. 5월 중순에는 완성되어 7월 1일이면 개점할 예정이었
다.

그럴 거라 믿었는데.

결국 엄마는 가게를 열지 못했다.

*

오후 9시.

목욕하고 나오니 아버지에게 새로운 문자가 와 있었다.

〔애써 도쿠가와가 됐는데, 문자 읽었으면서 씹어버리기냐. 이
에야스, 울상이다.〕

하아, 이 장군, 진짜 귀찮아 죽겠네.

3

어쩌자고 그런 말을 해버렸을까.

어째서 어제까지의 나날이 내일도 계속될 거라 믿은 걸까.

왜 좀 더 착하게 굴지 못한 거지?

*

포인트 카드를 생각해 낸 건 아버지가 입원한 뒤 처음으로 혼자 가게 문을 연 날이었다.

"가다랑어포랑 구운 연어 주세요."

'주먹밥 두 덩이 손님'이 가게에 왔을 때쯤이었나.

"닭튀김 도시락 주세요."

아니다, '닭튀김 도시락 손님' 때였을지도.

"오늘은 사장님 안 계세요?"

어쩌면 아버지의 안부를 염려해 준 '김 도시락 소녀' 때였을까.

어쨌든 돈을 받고 거스름돈을 건넸을 때 다들 하나같이 어딘가 공허한 표정을 짓고 있다는 걸 알아차렸다.

뭔가 불만이라도 있는 건가.

팔짱을 낀 채 머리를 굴리고 고개를 갸웃거리며 생각했다. 그러다 조리실 한쪽 구석에 놓인 텅 빈 소면 상자를 봤을 때 번뜩 생각 하나가 떠올랐다.

백중날.

답례품.

아버지가 고무줄을 넣어두는 용도로 사용하는, 백중날 고바야시 씨가 준 답례품이 담겨 있던 상자.

답례품이라.

포인트 카드를 만들어보면 어떨까.

아버지에게 문자를 보내 상담해 봤다.

〔손님이 돌아가려고 할 때 어딘가 약간 불만스러워 보여.〕

아버지에게서는 바로 답장이 왔다.

〔내 개그를 못 들어서 그런 거겠지.〕

그 말은 무시한 채 이야기를 꺼내 보았다.

〔포인트 카드를 도입하면 어떨까?〕

〔포인트가 쌓이면 특전은?〕

〔음료 하나 증정.〕

〔우리 가게에서 안 팔리는 물이나 차 말이냐. 전혀 안 끌리는데.〕

그렇긴 한데. 나는 어이가 없었다. 그런 걸 가게에 들인 장본인이 아버지니까. 좀 더 인기 있는 다른 브랜드의 물이나 차로 바꾸자고 제안을 해도 아버지가 떨떠름한 얼굴로 말하지 않았는가.

"그래도 말이다, 이 물이랑 차를 생산하는 곳의 사장이 내 친구 고바야시 아니냐. 안 팔아줄 수도 없지."

맞다, 백중날의 소면을 보내온 고바야시 씨다. 그러고 보면 친구가 많은 것도 잘 생각해 볼 일이다. 못 말린다니까.

〔물론 경품도 주고 싶어.〕

두말할 필요도 없이 그쪽이 메인이다.

〔경품? 내 얼굴 사진이라도 나눠줄 셈이나.〕

나는 그 말도 무시했다.

〔손님이 받았을 때 기뻐할 만한 것. 뭐가 있을까.〕

〔내 사진이겠지.〕

이 노인네, 끈질기네.

〔모두가 기뻐할 만한 게 있을까.〕

〔없지. 다들 다르니까.〕

아버지의 답장을 읽었을 때 나는 다시 생각 하나가 번뜩였다.

다들 다르다.

다들, 각자 다른 걸 되돌리고 싶어 하는 게 아닐까.

〔그러니까 모두에게 경품으로 각각 다른 걸 줄래. 되돌리고 싶어 하는 걸로.〕

나로서도 제대로 설명할 수 없는 직감이었는데 아버지에게는 바로 통했다.

〔히나타, 넌 그걸 알 수 있는 거냐?〕

〔지금은 아직 모르겠어.〕

하지만 포인트가 쌓이다 보면 알 것이다.

그런 기분이 든다.

〔그거 말이다. 네가 타고난 능력일지도 모르겠구나.〕

〔능력…일까?〕

〔뭐, 네 능력이 모자라면 매력이라곤 없는 음료 하나만 주면 되겠지.〕

아버지는 거북한 중압감을 가해 왔다.

〔맡겨 봐.〕

나는 카드를 디자인하고 인쇄했다. 그러한 작업을 좋아한다. 밤을 꼴딱 새워 작업했다.

엄마가 골랐던, 가게의 차양과 같은 크림색의 종이로 만든 첫 포인트 카드는 '택시 기사 손님'에게 건넸다.

단골인 '택시 기사 손님'.

스스로도 알고 있다. 나는 그리 붙임성 좋은 점원은 아니다. "어서 오세요." "거스름돈입니다." "감사합니다."라는 말 외에는 손님과 거의 대화를 나누는 일이 없다.

원래 낯가림을 하는 성격 탓일까. 환영하는 기분도 감사하는 마음도 있지만, 표정으로 드러내는 게 서툴다.

그런 내게 끊임없이 말을 걸어주는 사람은 '택시 기사 손님' 정도였다.

"안녕하세요. 오늘은 날씨가 좋네요. 어젯밤에는 J구장 앞에서 야간경기를 관람하고 돌아가는 손님을 태웠어요. 응원하는 팀이 우승했는지 기분이 좋아서 큰맘 먹고 돈을 쓸 생각이었나 봐요. 오랜만에 상당한 장거리였어요. 팁까지 받았죠. 기분 째지더라고요. 처음으로 손님은 신이라는 말이 절로 나오는 거 있죠. 지옥에서 온 거냐고 추궁하고 싶게 만드는 이상한 손님 쪽이 더 많으니까요. 그런데 야구는 좋아하세요? 아, 안 좋아하시는구나. 축구는요? 그것도요? 단체경기에는 흥미가 없으세요? 그럼 스모는 어떠세요?"

"안녕하세요. 오늘은 비가 오네요. 어제는 H호텔에서 동행 손님 둘을 태웠는데요. 그게, 사십 대 정도의 남녀였어요. 그런데 차 안에서 싸움을 시작하는 거예요. 대화의 내용으로 봤을 때 부부는 아니었어요. 맞아요, 굉장히 위험한 관계 같았어요. 처음에 요청한 행선지의 절반쯤 왔을 때 여자 손님이 내려버렸어요. 그 뒤 얼마 못 가서 남자도 내렸죠. 어쩔 수 없이 원래 왔던 방향으로 되돌아가는데 그 두 사람이 갓길에 서서 택시를 기다리는 게 보이는 거예요. 으아, 싫은데, 이거 어쩌나, 하고 생각했죠. 하지만 일이니 별 수 있나요. 다시 태웠죠. 행선지는 H호텔이었어요. 그러더니 차 안에서 다시 싸우는 거예요. 이번에는 다짜고짜 호텔 정면 바로 앞에 내려주고 와버렸지만, 그 사람들 대체 뭔 상황이었을까요. 제가 돈을 벌게 해주려던 것뿐일까요? 어쩌면 신들이었을까요. 위험한 관계의, 이상한 신들 말이에요."

'택시 기사 손님'은 직업적 특성 때문인지 어쨌든 다양한 이야기를 들려주었다. 무뚝뚝하고 뚱한 내게 말을 걸어준다. 나는 아버지와 달리 친구도 많지 않고 원래 사람을 좋아하는 성격도 아니다. 만약 다른 손님이었다면 시끄럽다고 생각했을지도 모른다. 하지만 어째선지 '택시 기사 손님'은 불쾌하지 않았다. 나도 모르게 끌려서 뭔가 대화를 하고 만다.

그러나 그날 아침의 '택시 기사 손님'은 그리 낯빛이 좋지 않았다. 평소처럼 건강해 보이지도 않았다. 너무 지쳐서일까. 지옥에서 왔을지도 모를 손님을 태웠던 건지도 모른다.

괜찮은 건가.

"늘 감사합니다. 가게의 포인트 카드인데요. 사용 부탁드려요."

그랬기에 오히려 과감히 건네줄 수 있었다. 보잘것없는 가게의 알쏭달쏭한 포인트 카드 한 장. 하지만 조금이라도 기운을 냈으면 좋겠는데. '택시 기사 손님'은 살짝 어리둥절한 듯 보였지만 이내 웃어주었다.

"뭔가 받을 수 있나요?"

음료 한 잔이란 말은 하지 않는 편이 낫겠지.

"오늘의 야심작은 뭔가요?"

올 때마다 다른 도시락을 고르는 '택시 기사 손님'조차 우리 가게에서 물이든 차든 산 적이 없다. 실망하게 해서는 안 된다.

무엇보다도 아버지가 말한 '능력'이란 게 정말 있는 건지 나 스스로도 확신은 없다.

하지만 포인트 카드는 만들어버렸고 지금 막, 건네고 말았다. 스스로를 믿고 내기를 걸어보는 수밖에 없다.

"그럼요."

나는 대답한 뒤 웃어 보였다.

악당이 웃는 것 같은 미소가 되어버렸지만, 그럭저럭 웃어넘겼다.

4

5월의 아침.

밤새 내리던 비는 이른 아침에 오픈 준비를 마쳤을 무렵 그쳤다.

쇼케이스에 상품을 진열하고 가게 셔터를 올렸다.

치자나무 향기.

문을 열자마자 '택시 기사 손님'이 가게로 뛰어 들어왔다.

어라, 뭐지?

나는 가슴이 덜컥했다.

오늘 아침에 와버리다니.

포인트를 다 모았다고 해도 지금 경품 상자는 텅 비었

는데.

이런, 이제 어쩐다.

머리를 쥐어뜯고 싶은 심정이었다. 가장 '경품'을 건네주고 싶었던 손님이었는데 그럴 수 없다니. 내 '능력'이란 게 고작 이 정도였나.

"어서 오세요."

애써 동요하는 마음을 억누르며 말했다.

왜 하필 오늘 아침에 오신 건가요.

"아, 아, 아, 안녕하세요."

이가 딱딱 부딪칠 만큼 떨리는 목소리가 되돌아왔다. '택시 기사 손님'은 안색이 심상치 않았다. 언젠가 포인트 카드를 건네던 날도 낯빛이 좋지 않았는데 그때는 납빛처럼 잔뜩 흐린 상태였다. 그런데 오늘 아침에는 백지장처럼 핏기가 없다.

"무슨 일 있으세요?"

속이 안 좋은 건가.

"얼굴이 완전히 창백해요. 괜찮으세요?"

"괘, 괜찮지 않아요."

심각한 표정의 '택시 기사 손님'.

무슨 일이 있었나. 어떻게 해야 하지.

"목이 쉬었네요. 뭔가 마시는 편이 좋을 것 같은데요."

그래. 매력이라곤 없는 음료수 한 병일지라도 지금은 간절하지 않을까.

"손님, 포인트 거의 다 모으셨잖아요."

나는 소형 냉장고를 가리켰다.

"포인트가 모이면 물이나 차를 한 병 드려요. 좋아하는 걸로 고르세요."

그 말을 듣는 순간 '택시 기사 손님'의 얼굴에 안도하는 빛이 역력했다.

"물로 할게요. 물 주세요."

물이나 차를 권했을 때 좋아해 준 손님은 이 사람이 처음이다. 나는 기뻤다. '택시 기사 손님'은 천연수가 담긴 페트병을 꺼내더니 순식간에 다 마셔버렸다. 얼마나 목이 말랐던 걸까.

"꿀맛이었어."

'택시 기사 손님'은 황홀한 듯 중얼거렸다.

"다행이네요."

분명 제조사의 고바야시 씨도 기뻐하겠지.

"제 이야기 좀 들어보세요."

크게 숨을 돌린 뒤 '택시 기사 손님'은 내 얼굴을 정면으로 응시했다.

"들어주실래요?"

거절할 수 없는 분위기. 거기에 압도당해서 나는 고개를 끄덕여야 했다.

"저 말이죠, 영적 능력이 있는 것 같아요. 믿을 수 있겠어요?"

영적 능력?

"방금 여기까지 유, 유령을 태우고 왔거든요."

"유령…이요?"

*

영적 능력이라고?

"'능력'을 타고날 거면 그쪽이 좋았을 텐데."

오래전에 아버지에게 이런 말을 한 적이 있다.

"아버지도 나도 음양사의 후손이잖아?"

"정확히는 음양사의 사촌이다. 외가 쪽의."

"여우 말이지."

"그래, 가타쿠리노하."

"우리한테 영적 능력 같은 건 없어? 죽은 사람과 만날 수 있다거나 그런 건 안 돼?"

엄마가 돌아가시고 1년이 지난 무렵으로 기억한다.

아버지와 나, 두 사람만의 생활. 밥을 차리고 청소와 세탁을 하는 건 아버지의 역할이 되었고 나는 일손을 도왔다. 그러한 삶에도 익숙해졌다. 원래는 거의 아저씨 나이가 될 때까지 독신이었던 터라, 아버지는 가사 전반에 익숙해 있어서 힘든 점은 없었다.

아무런 지장도 없이 당연한 듯 이어지는 나날.

엄마가 없는 하루하루.

"영적 능력이 있었으면 좋겠어."

나는 말했다.

"나한테도 '능력'이 존재한다면 영적 능력이었으면 해."

"내게도 '능력'은 있다만 영적 능력 같은 건 전혀 없구나."

"'능력'을 타고날 거면 그쪽이 좋았을 텐데. 그거야말로 초자연적인 능력이잖아."

말하다 보니 점점 열이 올라서 나는 발끈한 말투가 되었다.

"영적 능력도 없다니, 의미 없잖아. 기쓰 가문의 '능력'

이란 건 역시나 짝퉁이었어."

"그렇게 말하지 마라."

아버지도 화가 난 듯한 목소리였다.

"영적 능력 같은 건 없어도 된다."

"있었으면 좋겠어."

나는 떼를 부리는 아이처럼 입을 삐죽 내밀었다.

"영적 능력 같은 게 있어 봐라. 여기저기 유령이 빙빙 떠다니는 게 보일 거 아니냐."

"재밌을 것 같지 않아?"

"오, 그쪽에도 보이네."

아버지는 창가를 가리켰다.

"그쪽에도 있고. 여기에도 있구나."

천장을 가리키고 문을 가리켰다.

"북적거리고 좋잖아."

나는 지지 않으려고 소리를 높였다.

"화장실에도 따라올 거다."

나는 입을 다물었다. 그건 싫은데.

"영적 능력보다도 필요한 게 있는 법이다."

아버지는 알아듣게 타이르는 투로 말했다.

"히나타, 너도 가지고 있다. 틀림없어."

"영적 능력 쪽이 좋아."

화장실에 따라오는 건 싫지만, 나는 투덜투덜 미련이 남은 듯 되풀이했다.

"영적 능력이 있다면 이 집에서 잠도 못 잘 텐데."

아버지의 목소리가 약간 낮아졌다.

"무슨 뜻이야?"

"이 집은 가격이 쌌지. 대출받지 않고도 이 아버지의 저금으로 충분히 살 수 있을 만큼 쌌다. 도쿄 안에다 상점가인데도 그 가격이었어. 일반적으로는 있을 수 없는 가격이었지."

"아버지의 부동산 친구에게 소개받은 거잖아."

등골이 서늘해지는 것을 느끼며 나는 말했다.

"야마오카였지."

아버지는 엄숙한 표정으로 고개를 끄덕여 보였다.

"야마오카에게서 이런저런 사정 이야기를 들었다."

"어떤 사정?"

"안 듣는 편이 좋을 텐데. 팔려고 내놓은 집의 가격이 내려갔다. 그 의미를 잘 생각해 봐라."

오싹한 기분.

소름이 돋았다.

"사람이 변사하거나 살해당한 집 같은 건 도시에 널렸지. 그냥 모르는 편이 나아."

알고 싶다.

한편으론 알고 싶지 않다. 나는 입을 꾹 다물 수밖에 없었다.

"어떠냐, 영적 능력 따위 필요 없겠지."

나는 긍정도 부정도 하지 않았다.

"못 말리는 녀석이군. 아직도 영적 능력을 바라는 거냐."

아버지는 한숨을 내쉬었다.

"죽은 사람과… 만나고 싶은 거냐."

"만나고 싶어."

누구를 만나고 싶은지 아버지는 묻지 않았다. 물을 필요도 없었다.

"이 아버지도 그렇다."

나직이 중얼거렸다.

그날 이후, 영적 능력에 관해서는 깊게 생각하지 않으려 했다.

특히 욕실이나 화장실에 들어가 있을 때는.

*

"여자 유령이었어요."

이야기하는 동안 그제야 '택시 기사 손님'의 뺨에 생기가 돌아오고 있었다.

"택시 유령 이야기 같은 거 자주 듣잖아요?"

들어본 적은 있다. 비 오는 날 택시에 탄 여자 손님. 운전기사가 "손님, 도착했습니다."라며 뒷좌석을 돌아봤더니 여자가 사라져버렸다는 식의 이야기.

"설마 제가 당사자가 되리라고는 생각지도 못했어요."

"그 여자 유령, 행선지가 어디라고 말하던가요?"

"K동네 3번가요."

나는 고개를 끄덕였다.

"여기네요."

"언덕 위인가요, 아래인가요, 하고 물었더니 아래라고."

나는 다시 고개를 끄덕였다.

"여기예요."

"그래서 제가 '도시락 가게 근처네요' 했더니 맞다고."

"그 유령 손님, 우리 가게에 온 건가요?"

"그런 것 같았어요."

헉, 너무 싫다.

표정이 일그러지는 게 스스로도 느껴진다. '택시 기사 손님'이 당황한 듯이 말했다.

"기분이 좋진 않겠죠. 죄송해요. 하지만 가만히 있는 것보다 털어놓는 편이 좋을 거라 생각했어요. 왜냐하면 알고 있어야 대처할 수 있잖아요?"

나는 어찌할 바를 몰랐다.

"대처라… 어떻게 대처하면 되죠?"

"음양사에게 말해서 악령 퇴치 의식을 한다든가."

"음양사."

나는 점점 더 당혹스러워졌다.

그 후손이 여기에 있긴 한데 영적 능력은 없다.

"그 유령 손님 말인데요, 지금까지 몇 번이나 집에 돌아가려 했다고 말했어요. 그런데 운전기사가 늘 길을 헤매고 만대요. 그 사이에 시간이 끝나버려서 당도할 수가 없었대요. 그게 반복되었다고 했어요."

"집에 돌아간다고요?"

가슴이 술렁거렸다.

"그러더니 커스터드의 딸아이에게 전해 달라면서 메시지를 남겼어요. 커스터드란 게 뭘까요."

"이 가게인데요."

내 목소리가 멀어졌다.

"네?"

"이 가게 이름이 커스터드예요."

*

초등학교 4학년 때다.

5월의 비가 내리는 밤.

다음 날은 소풍이었다.

"미안해, 딸기 사는 걸 잊어버렸네."

저녁을 다 먹은 뒤 거실에서 텔레비전을 보고 있을 때 엄마가 내게 말했다.

"내일 도시락 디저트는 통조림 체리로 하면 안 될까?"

"안 돼."

나는 딱 잘라 거절했다.

"디저트는 딸기라고 약속했잖아."

텔레비전 화면에서 눈도 떼지 않은 채 우겨댔다.

"엄마가 분명히 약속했어."

"미안해."

"딸기가 아니면 도시락도 필요 없어."

나는 평소에는 그렇게 버릇없이 말하는 아이가 아니었다고 생각한다. 통조림 체리도 무척 좋아했으니까.

그날은 달랐다. 속이 꼬이고 심통이 났다.

그 당시 엄마는 가게 개점 준비에 한창이었다. 내가 말을 걸어도 늘 건성으로 대답하곤 했다.

나란 존재는 깡그리 잊은 채 가게에만 몰두하는 엄마.

외로웠다. 그래서 그런 자그마한 약속에 고집을 부렸다.

"할 수 없지."

엄마는 난처한 목소리였다.

"슈퍼마켓은 아직 영업하고 있으려나."

나는 텔레비전에 시선을 고정한 채 대답했다.

"아직 9시 전이야."

근처 슈퍼마켓의 폐점 시간은 9시. 한 시간짜리 퀴즈쇼는 거의 끝나가고 화면은 광고로 바뀌었지만 나는 뒤돌아보지 않았다.

"그럼 잠깐 뛰어갔다 올게. 늦지 않아야 할 텐데."

엄마는 거실문을 딸깍 열었다.

나는 엄마 쪽을 쳐다보지 않았다.

삐걱삐걱, 계단 내려가는 소리.

나는 등 뒤로 듣고 있었다. 엄마의 모습은 보려고도 하지 않은 채.

살아있는 엄마의 기척과 소리.

그것이 마지막이었다.

비 오는 밤.

슈퍼마켓으로 향했던 엄마는 신호가 파란색으로 바뀔 때까지 기다리지 못하고 횡단보도로 뛰어갔다. 그리고 적신호를 가로지르며 전속력으로 달려오던 트럭에 치였다.

아무리 엄마라도 내가 제멋대로 구는 걸 무조건 봐주지는 않았다.

"도시락이 필요 없다면 좋아. 맘대로 하렴."

내가 그러든 말든 내버려 둘 수도 있었다. 그랬다면 좋았을 텐데. 어차피 다음 날 아침이 되면 한풀 꺾여서 도시락을 들고 갔을 텐데. 부루퉁해 있던 나 같은 건 내버려 뒀더라면 좋았을걸.

그런데도 그날 밤 엄마는 자리에서 일어섰다.

"그럼 잠깐 뛰어갔다 올게."

하필이면 유독 그날 밤만, 그렇게 되어버린 걸까.

어쩌자고 그런 말을 해버렸을까.

어째서 어제까지의 나날이 내일도 계속될 거라 믿은 걸까.

왜 좀 더 착하게 굴지 못한 거지?

5월의 비 오는 밤이었다.

나는 5월도, 밤비도 싫어하게 되었다.

5월에도 밤비에도 아무런 죄가 없는데.

*

"커스터드?"

어안이 벙벙한 표정으로 '택시 기사 손님'이 중얼거렸다.

"도시락 가게인데 이름이 커스터드라고요?"

"맞아요."

포인트 카드에도 인쇄되어 있는데요. 그것보다 이제껏 이용해 왔으면서 몰랐다는 말인가. 하긴, 나도 '택시 기사 손님'의 이름을 모르니까.

"처음에는 양과자점을 열 예정이었거든요. 슈크림이랑 푸딩을 중심으로 하는 가게라서 커스터드라고 지었어요."

엄마가 붙인 이름이었다. 커스터드 크림에 푹 빠져 있었으니까.

"유령 손님도 그렇게 말했어요. 슈크림이랑 푸딩을 굉장히 좋아해서 그 가게를 열 생각이었다고."

그 유령은, 엄마다.

틀림없다.

나는 가슴이 미어졌다.

엄마, 돌아온 거야?

돌아와…준 거야?

*

엄마가 죽은 지 3년이 지났을 무렵이었다.

"가게를 열자."

아버지가 느닷없이 말을 꺼냈다.

"슈크림을 만들려고?"

나는 깜짝 놀랐다. 3년이라는 시간 동안 커스터드 크림색의 벽과 하얀 P타일의 바닥, 케이크용 쇼케이스가 놓인 가게는 먼지를 뒤집어쓴 채였다.

"아니, 도시락 가게를 열 거다."

"도시락?"

나는 또 한 번 놀랐다.

"어째서?"

양과자와는 너무 동떨어져 있어서 영문을 알 수 없었다.

"꿈을 꿨다. 네 엄마가 나왔어."

아버지는 엄숙한 표정으로 말했다.

"엄마가 내게 자꾸 이런 말을 하더라. 도시락을 만들어야 해, 도시락을 만들어야 해, 라고 말이다."

"이상한 꿈이네."

말하면서도 가슴이 따끔하고 욱신거렸다.

도시락. 결국 그 소풍에는 가지 않았다. 엄마의 도시락은 영원히 먹을 수 없게 되었다.

"엄마는 도시락을 만들고 싶어 했어. 그러니 내가 대신 만들 거다."

"잠깐만 기다려 봐."

나는 추궁했다.

"그건 단순히 꿈일 뿐이잖아."

"몇 번이나 꿨어."

아버지는 무척 진지했다.

"한두 번이 아니다. 신령한 꿈이 분명해."

"영적 능력은 없다면서."

아버지는 듣는 척도 하지 않았다.

그 뒤 아버지는 택시회사를 그만두고 도시락 가게의 주인이 되었다. 외부와 내부 인테리어도, 가게 이름도 엄마가 열려고 했던 그대로 됐다.

가게 이름은 '커스터드'인데 파는 건 아버지가 만든 도시락.

드문드문 손님이 오기 시작하면서 아버지는 꽤 바빠졌다. 영업시간은 아침 7시부터 저녁 7시까지. 도시락이 다 팔리면 셔터를 내렸다. 주말은 정기휴일이지만, 오전 중에는 장을 보러 나가고 오후에는 반찬을 만드느라 쫓겨서 조리실에서 나오지 않았다.

나는 가게를 거의 도와주지 않았다.

"가게는 어때?"

남 일처럼 묻기만 할 뿐이었다.

"경영이라는 건 쉬운 일이 아니야."

아버지도 일을 도우라는 말은 하지 않았다.

"만들 수 있는 양은 정해져 있고 손해는 보고 싶지 않다. 박리다매에는 한계가 있는데 그렇다고 가격을 올리면 편의점이나 대기업에 이길 수가 없어."

경영자로서의 노고를 떠름하게 말할 뿐 내게 도와달라는 말은 하지 않았다.

"다만, 우리 가게는 고정 손님이 정해진 도시락과 주먹밥을 계속 사주니까. 수량을 가늠하기가 쉽지. 감쪽같이 다 팔리니 손해는 적다."

엄마 대신에 조리실과 가게 앞에 서서, 엄마 대신에 도시락을 만들어 판다. 아버지는 충실하게 살아가고 있었다.

나와는 다르다. 내 꿈에 나오는 엄마는 추억 속의 모습들뿐이다.

가게에 있으면 생각에 빠지고 만다. 커스터드 크림 냄새에 둘러싸인, 엄마가 꿈꾸던 가게. 꿈인 채로 끝나버린 장소.

어쩌자고 그런 말을 해버렸을까.

어째서 어제까지의 나날이 내일도 계속될 거라 믿은 걸까.

왜 좀 더 착하게 굴지 못한 거지?

빙글빙글 끊임없이 생각을 반복하면서.

나는 거기에서 한 발자국도 움직일 수 없다. 움직일 수
없었다.

아빠가 쓰러지지 않았다면 계속 그 상태였을 테지.

*

"유령 손님이 이렇게 전해달라고 했어요."

'택시 기사 손님'은 말했다.

"'넌 잘못이 없어. 조금도 잘못한 게 없어. 그러니 앞
을 향해 살아가렴.' 그렇게 딸아이에게 전해달라고 하셨어
요."

엄마였구나.

"그렇게 말하던가요?"

"네."

이게 다 무슨 일일까.

방금 나는 손님에게서, '택시 기사 손님'으로부터 '경품'
을 받았다. 그것도 터무니없이 소중한 '경품'을.

내가 되돌리고 싶었던 것.

"왜 그러세요?"

'택시 기사 손님'은 당황한 표정이었다.

"그런 표정을 짓게 할 생각은 아니었는데."

"눈물이 나올 것 같아요."

말을 꺼내자마자 눈물이 줄줄 흘러넘쳤다. 멈출 수 없었다.

"울지 마세요. 이를 어쩌지."

"기뻐서 우는 거예요. 다 울고 나면 웃을게요."

맞다. 분명 이제까지 느껴보지 못했을 만큼 후련한 기분으로 웃을 수 있을 것이다.

"하아, 다행이다."

'택시 기사 손님'은 안심한 모습이었다.

"전 그저 그쪽이 웃어주기만 하면 돼요. 언젠가 저한테 물어보신 적이 있었죠. 후회할 때가 없냐고. 그쪽을 웃게 해 주지 못한다면 후회할 거예요. 그건 틀림없어요."

그랬구나.

나는 깨달았다.

경품 상자는 텅 비었다.

하지만 나는 '택시 기사 손님'에게도 '경품'을 건네줄 수 있다. 아마도, 앞으로 몇 분 뒤에 눈물이 그친 뒤 진심으로 웃었을 때.

'택시 기사 손님'의 마음과 나의 마음.

"알겠습니다. 감사합니다."

다 울고 나면 웃을게요.

그리고 이름을 물어볼 테니까.

기다려주세요.

아버지가 엄마에게 영향을 끼친 어떤 '능력'.

엄마에게 직접 묻진 못했지만, 이젠 그것 또한 알 것 같다.

가타쿠리노하 씨에게서 이어받은 게 아닌, 누구나 가지고 있으며 누구나 발휘할 수 있는 '능력'.

어쩌면 엄마는 내게, 그게 무엇인지도 알려주기 위해 와 줬던 걸까.

*

"자신감을 가지렴. 그게 네 능력이란다."

저자의 말

　큰길에서 떨어진 좁다란 길.

　언덕 아래에 그 가게가 있습니다.

　꽤 낡은 커스터드 크림색의 차양에 유리문. 하얀 바닥과 유리로 된 쇼케이스. 아무리 봐도 케이크 가게로 보이는 곳. 하지만 쇼케이스에는 도시락과 주먹밥이 진열되어있죠. 희미하게 떠다니는 김과 간장의 냄새. 가게 구석에서 "어서 오세요." 하고 말을 걸어오는 이는 무서운 얼굴을 한할아버지와 좀처럼 미소를 보여주는 일이 없는 젊은 여자.

　특이한 도시락 가게네. 맛있으려나.

　자그마한 가게인데 꽤 긴 시간 이곳에서 영업을 이어오고 있구나. 손님들도 들어가네. 젊은 남자도 중년의 아저씨도 학생으로 보이는 남자애와 여자애도 할아버지와 할머니도 들어가고 있어.

그러고 보니 다들 살짝 기쁜 표정으로 가게에서 나오잖아.

맛있으려나. 궁금한데. 한번 사보고 싶다.

그런 생각을 하면서 늘 그 언덕을 올라갑니다.

무척 맑은 날도 요란스레 비가 내리는 날도 찜통같이 더운 날도 얼어비릴 듯이 추운 날도.

그 가게는 유리문을 반쯤 연 채 쇼케이스에 도시락을 진열해 둡니다.

할아버지는 무서운 얼굴로, 젊은 여자는 웃음기 하나 없이 가게 구석에서 시선을 보내옵니다.

오늘도 그냥 지나가기만 할 건가요? 늘 슬쩍 엿보다 가시잖아요. 궁금하신 거죠? 슬슬 우리 가게 도시락을 맛보고 싶지 않나요?

함박스테이크 도시락은 어떠세요? 불고기 도시락도 있답니다. 닭튀김 도시락도 김 도시락도 맛있어요. 주먹밥도 인기가 많죠. 재료는 가다랑어포, 구운 연어, 다시마조림, 명란젓, 매실장아찌랍니다.

네, 색다른 메뉴는 전혀 없을지도 몰라요. 하지만 그립지 않나요? 머나먼 옛날에 먹은 적이 있는 그런 맛이랍니다.

소풍이나 운동회 때라든가 강가에서 놀던 시절이 떠오르지 않나요?

거봐요, 약간 배가 고파졌죠?

용기라고 할 만큼 거창한 첫걸음은 아닙니다.

하지만 좀처럼 결심이 서지 않는 일이죠.

매일매일 변함없는 생활, 똑같이 반복되는 일상. 물론 그건 소중한 반복이기도 합니다. 둘도 없는 귀중한 '매일'이죠.

하지만 마음 어딘가에서 이대로는 안 된다고 생각하고 있진 않나요?

전부가 아니라 살짝만 바꾸고 싶어. 그러면 더욱 편해지지 않을까. 시간을 보내는 게 수월해지지 않을까. 아주 조금이라도 좋으니까. 바꿔보는 것. 도무지 그 한 걸음이 내디뎌지지 않아.

어디로 가야 할까? 어떻게 해야 하지?

'낯선 가게에 들어가 보는 것'만으로도 어쩌면 그 계기가 될지도 모릅니다.

이제 과감히 이 가게에 들어가 보세요.

분명 맛있다고 느낄 거예요.

커다란 변화도 기적도 일어나지 않을지 모릅니다.

다만, 가슴에 답답하게 남아 있던 괴로운 기억이나 슬픔이 조금이라도 가벼워질 수 있다면 좋겠습니다.

오직 그것이, '커스터드'의 딸아이와 저자의 기쁨일 테니까요.

가토 겐

옮긴이의 말

어떤 기억은 그림자처럼 꽁무니를 쫓아다닌다. 평소에
는 망각한 채 지내다 문득 뒤돌아보면 여전히 내 뒤에 바
짝 붙어 있다는 걸 깨닫는다. 그 대부분은 회한이 담긴 기
억들이다.

그때 왜 그랬을까. 그러지 말았어야 했는데.

언제까지고 아쉬움과 후회로 범벅된 기억에서 벗어나
지 못한 채 공허한 나날을 보내기 일쑤다. 어떻게 해야 되
돌릴 수 있을까. 그래야만 다시 앞을 향해 나아갈 수 있을
것 같은데, 도통 방법이 떠오르지 않는다.

그러다 문득 그 기회가 찾아오기도 한다. 라디오에서

흘러나오는 추억 속의 음악을 듣다가, 혹은 어느 식당 앞을 지날 때 익숙한 듯 그리운 냄새가 코끝을 스치는 순간에. 또 어쩌면 소설 속 주인공들처럼 단골로 드나들던 가게에서 받은 소소한 선물을 통해서.

K동네 3번가의 언덕 아래에 자리한 자그마한 도시락 가게, 커스터드. 도시락과는 도무지 어울리지 않아서일까. 단골손님조차 그 이름을 잘 기억하지 못한다. 그곳에서 도시락을 만들어 파는 히나타는 특별한 능력을 지녔다. 상대방이 짊어진 마음의 짐을 덜어주는 능력이다. 가게를 찾는 손님들의 공허한 얼굴에서 저마다 짊어진 실존적 삶의 문제를 꿰뚫어 본 히나타는 그들을 위해 이벤트를 준비한다. 포인트 카드를 만들어서 포인트를 다 모은 손님들에게 경품을 주기로 한 것. 물론 평범한 경품은 아니다. 손님마다 특화된 자그마한 기적이 담긴 특별한 경품이다.

사소한 질투로 단짝과 절교한 뒤 무의미한 나날을 이어가던 '주먹밥 두 덩이 손님'에게는 친구와의 소중한 추억이 담긴 옛날 과자 '미쓰안즈'를, 학창 시절 허무하게 끝나버린 풋사랑의 탓을 엄마에게 돌린 채 그 무조건적 보살핌을 외

면하는 '닭튀김 도시락 손님'에게는 '어머니날 카드'를. 그
리고 길고양이에게 섣불리 손을 뻗었다가 눈덩이처럼 불어
난 책임의 크기에 겁먹고 도망쳐버린 과거를 지닌 '김 도시
락 소녀'에게는 '고양이 사료'를 경품으로 건네준다.

처음에는 하찮은 내용물에 실망하는 손님들. 하지만
이를 통해 점차 과거의 소중한 기억들이 떠오르면서 각각
의 경품은 그들에게 하나둘 기적을 발휘하기 시작한다. 그
동안 망각하거나 외면해 왔을 뿐 풀리지 않은 채 현재의
삶에까지 영향을 미치던 저마다의 '후회'를, 똑바로 마주
할 수 있게 용기를 불어넣어 준 것. 이것이 바로 히나타가
단골손님들에게 선사한 자그마한 기적이었다. 도시락 가게
'커스터드'는 그곳을 찾는 사람들에게 몸의 허기뿐만 아니
라 마음의 허기까지 채워주는 특별한 힘을 지닌 곳이었다.

그렇게 나눠준 기적들은 더 큰 기적이 되어 히나타에게
되돌아온다. 타인의 마음은 들여다보면서도, 정작 히나타
는 오랜 세월 그림자처럼 자신의 뒤를 따라다니던 후회는
어쩌지 못한 채 살아왔다. 엄마의 죽음이 본인 탓이라 여
기며 늘 후회를 곱씹던 히나타. '택시 기사 손님'은 스스로

도 의식하지 못했던 특별한 능력을 발휘하여 히나타가 간절히 바라온, 죽은 엄마의 메시지를 전해준다.

"넌 잘못이 없어. 조금도 잘못한 게 없어. 그러니 앞을 향해 살아가렴."

사실 히나타가 가장 경품을 건네고 싶었던 이는 바로 '택시 기사 손님'이었다. 그런데 오히려 손님인 그에게 터무니없이 소중한 선물을 받은 것이다. 그리고 마지막에는 후련한 마음이 되어 히나타는 '택시 기사 손님'에게도 경품을 건네준다. 그가 바라는 단 하나의 선물, 바로 그녀의 미소를.

우리는 어떻게든 후회 없는 인생을 살기 위해 고군분투한다. 그러나 돌아보면 우리가 걸어온 발자국 위로 낙엽 같은 후회가 우수수 떨어져 있다. 눈앞의 후회는 어떻게든 쓸어 담아 보지만, 까마득히 멀어진 발자국까지는 도저히 손이 닿지 않는다. 애써 고개를 돌려봐도 후회의 기억들은 여전히 등 뒤에서 나뒹구는 채다. 하지만 그러한 기억들도 우리 삶의 소중한 순간들임이 틀림없다. 작가는 소설을 통해 이를 외면하기보다 똑바로 바라보길 조언한다. 그런 용기를 내보는 것만으로도 놀라운 기적이 찾아온다고. 그제야 우리는 다시 앞으로 나아갈 수 있다고 말이다. 그리고 어쩌면 그때에야 비로소 진짜 우리만의 이야기가 시작될지도 모른다.

어느 새벽, 허기를 달래며

양지윤

여기는 커스터드, 특별한 도시락을 팝니다

초판 1쇄 발행 2022년 07월 15일
초판 18쇄 발행 2025년 01월 10일

지은이 가토 겐
옮긴이 양지윤
펴낸이 김상현

콘텐츠사업본부장 유재선
출판1팀장 전수현 **편집** 김승민 주혜란 **디자인** 이현진
마케터 이영섭 남소현 성정은 최문실
미디어사업팀 김예은 송유경 김은주 김태환
경영지원 이관행 김범희 김준하 안지선 김지우

펴낸곳 (주)필름
등록번호 제2019-000002호 **등록일자** 2019년 01월 08일
주소 서울시 영등포구 영등포로 150, 생각공장 당산 A1409
전화 070-4141-8210 **팩스** 070-7614-8226
이메일 book@feelmgroup.com

필름출판사 '우리의 이야기는 영화다'

우리는 작가의 문체와 색을 온전하게 담아낼 수 있는 방법을 고민하며 책을 펴내고 있습니다.
스쳐가는 일상을 기록하는 당신의 시선 그리고 시선 속 삶의 풍경을 책에 상영하고 싶습니다.

홈페이지 feelmgroup.com **인스타그램** instagram.com/feelmbook

ISBN 979-11-92403-07-6 (03830)